Sous le burnous

par

Hector France

The Echo Library 2008

Éditè par

The Echo Library

Echo Library
131 High St.
Teddington
Middlesex TW11 8HH

www.echo-library.com

Si vous trouvez des erreurs graves dans le texte, s'il vous plait envoyez-vous un
courier èlètronique a

complaints@echo-library.com

ISBN 978-1-40687-345-0

A EDMOND LEPELLETIER

Vous avez, dans le *Réveil*, donné une cordiale hospitalité à ces souvenirs de ma vie d'Afrique, que vos conseils m'ont engagé à recueillir; le mérite, si mérite il y a, vous en revient à vous, qui avez aussi porté *volontairement* le noble harnais de guerre qu'essayent et ont de tous temps essayé de bafouer les indignes et les couards. Laissez-moi donc, mon cher ami, y inscrire votre nom et vous répéter comme à tous, les paroles de Blaise de Montluc: «Or, seigneurs et capitaines, qui me ferez cest honneur de me lire, n'y apportez nul mal talent; croyez que j'ay dit le vray, sans dérober l'honneur d'autruy. Et sçay bien qu'il y en aura qui mettront en dispute mon escrit, pour voir si j'auray touché quelque mensonge; si les asseuray-je que j'ay laissé infinies particularités à escrire, car je n'avais jamais rien escrit ny pensé à faire des livres... Je vous supplie, mes bons seigneurs, si mon livre tombe entre vos mains, de faire jugement si ce que je dis est vray ou faux, car vous en avez veu une partie... Plusieurs vivent, qui ont esté mes compagnons d'armes, et plusieurs aussi qui ont marché sous moy, tous lesquels peuvent estre fidèles tesmoings de ce que j'ay dit...»

HECTOR FRANCE.

4

TABLE DES MATIÈRES

I

LE VENTRE

Il était blanc et poli, un peu élastique, doux à l'oeil et au toucher, jeune et sain, un ventre de femme.

Je ne pourrais l'affirmer cependant et à vrai dire je ne m'en préoccupais guère; mais ce dont je me souviens exactement, c'est du couteau, parce que longtemps après je l'ai gardé accroché à l'arçon de ma selle. Une bonne et solide lame large d'un demi pouce, longue de dix, effilée, légèrement recourbée vers la pointe avec une forte poignée de chêne que quelque chamelier de Flissa, artiste inconscient, avait orné de bizarres arabesques.

Je me rappelle avoir hésité une minute, puis fermé les yeux, et alors... un jet très chaud me cingla le visage.

Je vois encore le trou béant et la lame ruisselante et il me sembla qu'une bise chargée d'aiguilles de glace me fouettait la tête.

C'étaient mes cheveux qui se dressaient. Pour un coup d'essai, l'on pardonnera mon épouvante, j'avais à peine vingt ans.

Ce qui me terrifiait surtout, c'est que dans la lueur vague flottant sur ce corps, je venais d'apercevoir un oeil immobile, vitreux, sinistre, attaché sur moi.

Ah! ce regard, il fallait l'éteindre! je frappai un second coup. Mais il restait sur moi avec l'implacable ténacité d'un remords, fixe, morne, comme un oeil de l'autre monde qui regarde à travers la vitre des ombres.

—Tu baisseras ta paupière maudite! criai-je, je ne veux pas que tu me voies!

Et une troisième fois, je replongeai la lame.

J'ignorais que ceux qui meurent assassinés s'en vont les yeux ouverts comme s'ils ne pouvaient les détacher des choses de la vie et qu'il m'eût suffi d'un coup de pouce pour fermer à jamais cette paupière, mais jeune et inexpérimenté, je continuai les coups de couteau.

Je trouais, je trouais, et en trouant cette chair et ces entrailles, passaient devant moi comme une nuée de fantômes, des essaims de souvenirs.

Je pensais à ces héros des temps antiques dont on nous a fait admirer ou maudire, sur les bancs de l'école, les glorieux coups de poignard, selon que la cause qu'ils ont servie se rapproche on s'éloigne de l'orthodoxie officielle; à ces vaillantes légions entrées par la brèche, dans les villes affolées et éventrant bravement tout ce qui se trouvait sous leur rage, depuis l'enfant dans le sein de sa mère, jusqu'au vieillard assis sur la chaise curule; aux pieux capitaines offrant, au dieu des batailles, le sang impur des infidèles de tout sexe et de tout âge et s'y vautrant jusqu'au poitrail de leur destrier.

Je pensais aux exploits sanglants de nos pères et de nos frères et à ceux qu'accompliront nos fils; à toutes les grandes tueries humaines faites, les unes au nom de Dieu, les autres, au nom des empereurs et des rois, les autres encore au nom du peuple et les dernières au nom de l'ordre et de la civilisation.

Et après tous ces assassins illustres ou obscurs, mon couteau sanglant au poing et devant ce ventre ouvert, je me sentais humilié.

—Cependant, me disais-je, ce n'est pas ma faute si je n'ai qu'un ventre à crever, mes chefs m'ont dit «tue», j'ai obéi et j'ai fait pour le mieux; d'autres! d'autres! qu'on me dise d'en ouvrir d'autres!

Et brandissant le *flissa* d'où coulait la rosée rouge, ivre de fureur, je me dressai sur mes pieds. ——

—Tu as eu tort de lui donner du *haschich*, murmura une voix de femme, le délire travaille sa cervelle.

—Bah! répondit une autre, je sais comment le lui ôter de la tête.

Et je sentis une odeur de musc me pénétrer, tandis que quelque chose de doux frôlait mes lèvres. Et deux mains me caressaient le front et la même voix harmonieuse m'appelait:

—Allons, *Roumi*, reviens à toi! là! là! là! reviens à toi...

Et je revins à moi, mes lèvres appuyées entre les seins de *Meryem*. ——

Elle s'écarta et se mit à me regarder en souriant, tandis que Fathma, sa soeur aînée, soulevait un des coins de la tente me montrant la plaine mondée du soleil du matin.

Le soleil! le beau soleil! ses rayons radieux chassaient les vapeurs du sombre cauchemar; ma poitrine se dilata et, inondé d'une joie immense, je reportai mes yeux ravis sur la jeune fille des *Ouled-Nayl*.

Mais je la vis se baisser, ramasser mon *flissa* près du lit de peau de chèvre et l'examiner avec attention; du bout de son petit pouce teint de henné, elle en essaya le tranchant et la pointe. Je suivais ses mouvements et de nouveau je sentis les griffes de mon cauchemar me labourer le coeur. La lame était rouge.

—Du sang! m'écriai-je.

—Oui, répondit-elle tranquillement, celui qui s'en est servi a oublié de l'essuyer.

Elle prit un chiffon de laine, le passa lentement sur la lame qui y laissa une large maculature.

—C'est donc vrai? dis-je effaré, le ventre! le ventre!

Et mes yeux se portèrent sur un tas de débris sanglants, gisant à quelques pas de moi.

—Quoi? demanda-t-elle en suivant la direction de mon regard, ce n'est pas le ventre, c'est la peau et la tête. Le ventre, nous l'avons donné aux chiens.

Je me rappelai alors que Fathma avait fait égorger un mouton la veille et que j'avais offert mon *flissa* pour l'immolation. ——

Et après le repas homérique, gorgé de viande et de couscous et saoulé d'amour, j'avais reposé ma tête sur les genoux de Meryem. Elle s'amusait à me faire tirer des bouffées de son petit chibouk rouge, bourré de haschich et j'éprouvai un plaisir infini à sentir ma pensée s'en aller et se perdre avec la fumée bleuâtre, lorsque mes yeux noyés s'arrêtèrent sur la tête et la peau de la victime jetées dans un coin de la tente.

A la lueur du brasier qui s'éteignait lentement, cette peau retournée offrait une étrange ressemblance avec un ventre humain.

Plongé dans ce demi sommeil où s'ébauchent les hallucinations et flottent les spectres, mon cerveau obstrué par le trop plein de l'estomac avait élaboré le rêve où le haschich jette aux profanes ses sanglantes visions. ——

Je m'efforçai de rire de ma terreur, mais le rire se glaçait sur mes lèvres, au souvenir de ma pensée toute souillée de sang. Longtemps, dans la suite, je restai épouvanté de l'étrange frénésie qui s'était emparée de moi et de l'âpre volupté qui m'avait saisi, à plonger dans ses entrailles ouvertes, mon couteau d'assassin.

Je cherchai vainement qui avait pu évoquer cette monstrueuse image, ignorant alors que les milieux déteignent sur les êtres et qu'avec l'air qu'on respire, on se sature de vices ou d'imbécillités.

Aussi bien peu font leur destinée, et l'homme, fétu de paille, est le jouet de cette brise aux mille caprices, qui s'appelle le hasard.

Sang, musc et haschich,[1] c'est-à-dire guerre, amour et rêve! dans ces buées capiteuses palpite encore, au fond de nos possessions algériennes, le coeur d'un peuple que notre civilisation étouffe et qui s'en va peu à peu, s'éloignant dans ses vices formidables et ses incomparables grandeurs.

Je veux essayer de le peindre, tel que je l'ai vu et coudoyé pendant dix ans, rêvant à ses côtés, parlant sa langue, vêtu de son burnous, mangeant à son plat de bois, montant ses chevaux, aimant ses filles, vivant de sa vie enfin, dans la montagne on dans la plaine, sous le gourbi du kabyle, la tente du bédoin, la maison du hadar et bien souvent sous le ciel étoilé.

[Note 1: C'est sous ce titre que ces études ont été publiées dans *le Réveil.*]

II

LES PREMIERS KROUMIRS

I

Il y a de cela bien des années, mais le souvenir en est encore vivant dans ma mémoire, car de là, peut-être, datent nos premières aventures avec les Kroumirs.

Nous occupions avec notre smala, le bordj d'El-Meridj, récemment bâti sur la frontière de Tunisie, à douze lieues au nord-est de Tebessa et à une portée de fusil d'un affluent de l'Oued Mellegue, l'Oued Hohrirh. Cette rivière, profondément encaissée dans un lit inégal, effrité, crayeux, bordé de lauriers roses, nous séparait de la grande plaine qui s'étend du Keff à Galah et où sont semés les douars tunisiens des Ouled Sebira et des Beni Merzem.

Quelque temps auparavant, les Chéaias, fraction des Kroumirs, descendirent jusque-là avec leurs tentes et leurs troupeaux, fuyant devant les collecteurs du bey, qui appuyés de toute une armée, s'abattaient sur eux ainsi qu'un ouragan et les laissaient nus et dépouillés comme un champ d'orge après le passage d'une nuée de sauterelles. Il arriva que, pour leur échapper, ils traversèrent la frontière: mais ils tombèrent au milieu de nos goums, qui, gardiens vigilants de notre territoire, les razzièrent sans merci.

Alors, n'ayant plus ni troupeaux, ni tentes, ni grains, ces gens, poursuivis d'un côté et pillés de l'autre, usèrent de représailles.

Il y eut de nombreuses incursions et de nombreuses escarmouches entre les tribus limitrophes. Algériens et Tunisiens passaient tour à tour la frontière, razziant moutons, boeufs, chameaux, chevaux et à l'occasion filles et femmes. Chaouias ou Chéaias, également pillards, également pauvres, également braves, échangeaient les mêmes horions.

Le bordj d'El-Meridj, que venait de faire construire le général Desveaux, commandant de la province de Constantine, sur l'emplacement indiqué par le colonel de spahis Flogny, commandant supérieur du cercle de Tebessa, eut précisément pour objet de pacifier cette partie de la frontière, en mettant fin à ces mutuelles querelles et à ces pillages réciproques.

Mais le but ne fut pas du premier coup atteint et, séparés seulement de la Régence, par une rivière, guéable en été, en plus d'un point, nous fûmes nous-mêmes longtemps exposés aux entreprises audacieuses des maraudeurs tunisiens.

En outre, les tribus que nous venions protéger et que notre présence empêchait d'exercer des représailles adressaient, au commandant du cercle, des plaintes continuelles sur les brigandages dont elles se disaient victimes de la fraction des Kroumirs razziée par elle jadis.

Aux Kroumirs, du reste, on imputait tout méfait, tant leur réputation était mauvaise.

Rapines des Béni Merzem, des Ouled Sebira, des Ouled Embarkem, étaient pour nous actes de Kroumirs. Tous les voleurs de la frontière, quel que fût leur tribu, nous les confondions sous ce nom générique.

Les plaintes devinrent telles que le commandant de la smala, le capitaine F..., reçut l'ordre de faire battre jour et nuit la campagne par des patrouilles de spahis, chargées d'arrêter tout indigène porteur d'armes.

Or, comme les Arabes, surtout ceux des frontières, ne s'engagent jamais par les chemins, sans un fusil à l'épaule et un *flissa* à la ceinture, les *silos* du bordj furent bientôt gorgés de prisonniers.

On les expédiait par fournées au bureau arabe de Tebessa qui, après un interrogatoire forcément sommaire, les relâchait ou les dirigeait sur Constantine.

Comme de coutume, de pacifiques laboureurs de la plaine allèrent pourrir dans les prisons de la province ou furent envoyés au bagne de Cayenne, et des rôdeurs de route, bandits de profession, furent reconnus purs de toute iniquité, car nos patrouilles ne tardèrent pas à prendre en flagrant délit de brigandage, des *Kroumirs* déjà arrêtés par elles et relâchés par le bureau arabe.

Le commandant de la smala se plaignit; on lui répondit aigrement que c'était à lui d'aviser; que, chargé spécialement de maintenir la paix dans les tribus de la frontière, il était responsable de ce qui arriverait.

Aussi, fatigué des récriminations d'une part, des reproches de l'autre, fatigué surtout des vols incessants, il prit le parti de *rendre lui-même la justice* comme cela se pratiquait depuis la conquête dans tous les postes isolés, et comme le général Négrier, dont le nom est encore l'effroi des Arabes, la rendait lui-même à la face du soleil, sur la place de la Brèche, à Constantine, par le sabre de son chaouch Braham[2].

[Note 2: Ce chaouch dont je parle dans «l'Homme qui tue» et que je connus au 1er escadron du 3e spahis, coupa, de son propre aveu, plus de 2, 000 têtes.]

Donc, chaque fois que nos spahis rencontraient sur les chemins un indigène armé, ils lui faisaient subir un court interrogatoire.

—Où vas-tu?

—Faire la moisson à la Meskiana.

—Pourquoi as-tu un fusil?

—O musulmans! pouvez-vous me poser une telle question? Vous savez bien qu'un Arabe ne quitte jamais son fusil.

—Tu es un Kroumir?

—Sur la tête du Prophète, je sois un des Beni-Merzem. Voyez d'ici les tentes de mon douar de l'autre côté de la rivière, au pied de Bou-Djaber.

—Ton caïd ne t'a-t-il pas prévenu? Le bureau arabe a fait savoir par tous les crieurs des marchés qu'on arrêterait quiconque est porteur d'armes.

—Qu'Allah vide vos selles! Vous savez vous-même que ce n'est une chose ni possible ni juste sur la frontière. Autant nous jeter nus sous la dent du lion.

On l'entraînait au bordj où il était questionné de nouveau, et si les réponses paraissaient suffisantes, s'il pouvait nommer quelqu'un qui voulût répondre de lui, si *sa tête plaisait*, on le renvoyait après quelques jours de *silo*: au cas contraire, le capitaine appelait Ali-bel-Kassem.

II

Bon type, cet Ali-bel-Kassem. Un grand escogriffe au teint de cuivre, à la barbe d'un noir de jais, semée de quelques poils blancs, et taillée en pointe comme celle de Méphistophélès; maigre, osseux, anguleux, à face patibulaire, en dépit du chapelet à grains d'ivoire qu'il portait constamment au cou. Les spahis le nommaient le *grand champêtre*, corruption de *garde-champêtre*, dignité dont on l'avait revêtu dans la smala et qu'il cumulait avec celle de brigadier.

—Ali-bel-Kassem?

Il arrivait sur-le-champ, toujours prêt à l'heure, la lèvre souriante, très propre, beau soldat malgré son dos un peu voûté par le laisser-aller des longues journées de cheval, bien assis sur son grand étalon noir, à l'oeil intelligent, triste et doux.

Pourquoi la tristesse de cette bête?

Nous nous le demandions en riant.

Mais les drames dont son maître la rendaient témoin semblaient se refléter dans les rayonnements de sa sombre prunelle.

—Ali!

—Présent, mon *koptane*.

—Voici, faisait simplement le capitaine en lui désignant le prisonnier.

Il l'enveloppait des pieds à la tête d'un regard à la fois paterne et fauve.

—Tourne-toi, disait-il d'un ton plein de bienveillance.

L'autre se tournait.

—Ouvre les mains et lève-les.

L'autre élevait ses mains au-dessus de sa tête.

—Pas d'armes sous le burnous?

—Non, *Sidi*.

—Jette ton argent par terre.

—Pas d'argent, Sidi.

—Fais bien attention; si tu as de l'argent, tu ne viendras pas te plaindre après qu'on te l'a volé.

—Je n'ai pas un *sordi*.

Satisfait de l'inspection, il ordonnait au prisonnier de se placer à quelques pas, puis, silencieux, immobile, la bride dans la main gauche, la droite posée sur la cuisse, la tête haute, aisée et dégagée des épaules, suivant les règles de l'ordonnance, il attendait la consigne de son chef.

—Conduis-le à Tebessa, au bureau arabe, disait le capitaine de façon à être entendu du prisonnier. Ali inclinait la tête, puis se penchant et bas:

—Marche forcée, mon *koptane*?

—Marche forcée. Route en trois quarts d'heure.

Trois quarts d'heure! J'ai dit que Tebessa était éloigné du bordj de douze lieues.

Le «grand champêtre» souriait d'un air fin. Il savait ce que parler veut dire et comprenait la plaisanterie. C'était toujours la même que lui faisait son chef, mais il la goûtait chaque fois avec un nouveau plaisir.

—Trois quarts d'heure! Ah! ha! ha! ha! Bien, mon *koptane*. Allons, homme, marche devant.

Il se dressait alors sur sa selle, fier, digne, grave, se sentant chargé d'une mission de confiance, plein de respect pour lui-même. On débouchait par la grande porte du bordj, sur le plateau d'où l'on domine la plaine tunisienne, et le prisonnier pouvait voir une fois encore la fumée de son douar se perdre dans les molles vapeurs des lointains bleus.

Parfois, si le douar était proche, il distinguait les blanches silhouettes des femmes anxieuses, guettant son retour.

Le factionnaire, assis par terre, le dos au mur, le sabre entre les jambes, le fusil chargé à portée de la main, les saluait amicalement au passage:

—*Essalam ou Alikoum!* Que le salut soit sur vous!

—*Alek Salam!* Sur toi soit le salut! répondaient-ils à l'unisson.

On dévalait. On tournait le bordj à droite; on descendait dans l'embryon de village composé de Français, Maltais, Italiens, juifs, tous voleurs dont les tentes et les huttes s'échelonnaient au flanc de la colline. Des spahis, accroupis le long des murs de branches et de terre des *caouadjis*, buvaient leur café lentement, à petites gorgées; d'autres plongeaient de temps en temps leur bras au fond du capuchon de leur burnous et en retiraient un morceau de galette, une poignée de dattes, leur repas du matin, une pincée de tabac pour la cigarette; quelques-uns, allongés sur la natte d'alfa, la tête dans la main, l'oeil somnolent perdu dans le rêve, fredonnaient sur un rythme lent une chanson de guerre et d'amour:

Kradidja, tes sourcils, tes paupières,
Tes longs cheveux,
Comme le fil des cimeterres
Blessent les yeux.

Ils s'interrompaient pour regarder passer le Kroumir, disant comme le factionnaire:

—Le salut soit sur vous!

Deux ou trois, sans bouger de place, tendaient la main pour offrir leur tasse à moitié pleine:

—Bois, homme, la journée sera chaude.

Et Ali-bel-Kassem, paterne, complaisant et souriant, arrêtait son cheval.

—Elle sera chaude, homme, bois.

Et quand le prisonnier rendait la tasse vide, en remerciant, on lui souhaitait bon voyage:

—Que ton jour soit heureux!

—Que ton ventre n'ait jamais faim!

III

Cependant les *mercantis*, débitants d'absinthe empoisonnée et de vins frelatés, escrocs, banqueroutiers, repris de justice, marchands de tout acabit, debout sur le seuil de leurs huttes, de leurs tentes, de leurs gourbis, gorgés de denrées malsaines, criaient au brigadier de spahis:

—Encore un Kroumir, «grand champêtre!» A quoi bon le conduire à Tebessa? Démolis-le donc dans la broussaille, imbécile. Ce sera toujours une canaille de moins.

—Marche, marche, homme! disait Bel-Kassem, sans même daigner jeter un regard sur cette gueusaille.

Et l'homme passait, la tête haute, l'oeil fixe, plein de dédain aussi, mais pressant le pas, car il sentait siffler à ses oreilles, lui, le hardi voleur arabe, les rires et les insultes des lâches filous chrétiens.

On sortait du village; on s'engageait sur le sentier pierreux de Tebessa, au milieu des genêts des palmiers nains et des bruyères, ce que les *mercantis* appellent *la broussaille*, sous les morsures déjà brûlantes du soleil du matin.

L'homme marchait vite. Il n'entendait plus les rires des roumis, mais il sentait sur sa nuque le souffle chaud du cheval.

Bientôt une bonne odeur d'eau fraîche montait avec un bruit de cascade. Il y avait là, où le chemin fait un coude, une place ravissante, enveloppée de lauriers-roses.

Quand les fleurs s'épanouissaient éclatantes sur le vert sombre, c'était un coin du paradis. Les papillons, les scarabées d'or et les libellules s'y donnaient rendez-vous, et les souffles de la brise y avaient d'énervantes mollesses. Il n'y manquait que les houris, et on les voyait parfois dévaler en groupe des douars, jambes et bras nus, pour puiser l'eau dans la rivière qui clapotait au-dessous, au milieu des quartiers de roc détachés de ses flancs pendant le dernier orage. Des chutes, des bouillonnements, des écumes irisées des sept couleurs. Les perdrix rouges venaient y boire, tandis que les grands lièvres au poil fauve regardaient curieusement, oreilles dressées, au milieu des touffes de diss.

C'était là où nous attendions, dans les étouffantes après-midi, les filles des *chaouias* et où nous faisions l'amour, le pistolet à portée de la main et au poignet la bride du cheval.

C'était la frontière, à trois quarts d'heure du bordj et du village d'El-Meridj, et Ali-bel-Kassem, l'oeil aux aguets, ralentissait son allure.

Et l'autre ralentissait aussi son pas, et, ne sentant plus le naseau du cheval sur sa nuque, reprenait haleine.

Il humait l'air frais, heureux de ce coin d'ombre, et, se retournant, disait:

—Je te prie, Sidi, depuis huit jours, tu le sais, j'étais enterré vivant et privé d'eau dans les ordures d'un silo; au nom du Prophète, permets que je fasse *l'oudou el serir*.

Un vrai serviteur de Dieu peut-il refuser à un prisonnier qui passe près d'une rivière le droit à la petite ablution? L'ablution est sainte et obligatoire comme la prière, et ce n'est pas le dévot Bel-Kassem, qui eût songé à s'y opposer.

—Fais, répondait-il en détachant le chapelet de son cou, je te donnerai tout te temps que je mettrai à prononcer les quatre-vingt-dix-neuf noms d'Allah!

Et il égrenait les grains d'ivoire un à un, sans se presser, murmurant sur chaque, un des noms de Dieu:

Dieu le Grand;
Dieu le Miséricordieux;
Dieu le Juste;
Dieu l'Immuable;
Dieu le Maître de l'heure.

Pendant que le bédouin se laissant glisser le long de la pente crayeuse, et s'accroupissant, baignait sa face et plongeait avec délices ses jambes et ses bras dans l'eau.

Du haut de sa monture, immobile sur le bord, le *grand champêtre* ne le quittait pas de l'oeil, continuant sa litanie:

Dieu le Vivant;
Dieu le Très-Haut;
Dieu le Clément,

Et quand il avait fini, il se récitait le verset:
.... Le Prophète a dit: «Celui que la mort surprendra la prière au lèvres ou au moment d'une action louable ou d'un acte religieux, celui-là est béni.»

Puis il replaçait méthodiquement le chapelet à son cou, par dessus son burnous rouge, portait la main sur la poignée de son pistolet, le tirait lentement de sa gaine, et l'armait sans bruit.

Et le corps penché, l'avant-bras appuyé sur l'épaule du cheval, il visait à son aise pendant une ou deux secondes.

—Les chrétiens maudits l'ordonnent, mais, par le Koran glorieux, tu te feras leur accusateur lorsque le soleil sera ployé et qu'on déroulera la feuille du Livre. Alors leur compte sera affreux, leur demeure la géhenne. Et tu te féliciteras, car tu auras passé le *Sirak!* Adieu, homme, l'archange Gabriel va te prendre pour que tu contemples la face du Maître.

Il marmottait cela entre ses dents, comme un dévot qui prie, tout en ajustant la nuque.

—Va, mon fils, c'était écrit.

Et il lui cassait la tête. Rarement il manquait son but. En ce cas, il achevait la besogne à coups de sabre. Le corps roulait et s'abîmait dans le torrent. Quelquefois, le vent qui soufflait des crêtes du Bou-Djaber apportait jusqu'au village d'El-Meridj le bruit de la détonation.

—Entendez-vous? disaient les *mercantis*. Encore ces cochons de Kroumirs qui assassinent en plein jour. Ont-ils du toupet, ces gueux-là!

III

LA POULE VOLÉE

I

—La quatrième, nom de Dieu! la quatrième en huit jours! s'écria le lieutenant Fortescu après avoir bien constaté qu'il manquait une poule au poulailler de la popote des officiers de l'escadron. *Chapardeurs* de zouaves! Tas de chacals!

Justement, le capitaine Fleury lui avait dit le matin même au déjeuner:

—Fortescu, méfiez-vous; vous vous faites rouler par les zouaves dans votre service de popotier en chef; le cuisinier m'a assuré qu'il manquait trois poules depuis qu'ils sont campés près du bordj.

Et voyez quel guignon!—une quatrième avait disparu.

Et depuis plus d'une heure, il les examinait, les comptait, recomptait, et tandis qu'elles rentraient au logis, le coq en tête, majestueux et insouciant comme si de rien n'était, la stupide bête, il avait constaté, dûment constaté qu'il en manquait une à l'appel. «La quatrième depuis huit jours, nom de Dieu!»

—Trompette, sonne à l'adjudant.

Et il se mit à arpenter la cour du bordj, avec les signes de la plus grande colère, laissant éteindre sa vieille bouffarde, tant il était préoccupé, ne perdant pas le poulailler de vue, espérant toujours voir accourir la retardataire, tandis que le trompette Villerval, à moitié ivre comme de coutume, tournait l'entonnoir de son cuivre aux quatre points cardinaux:

Au chien du quartier! au chien du quartier!
Au chien du quartier! au chien du quartier!

Le chien du quartier, en ce temps-là l'adjudant Pechiné, achevait son septième verre d'absinthe, en compagnie du *marchef*, sous la tonnelle de la cantine, en disant des polissonneries à la petite maman Jardret, l'épouse légitime du cantinier Jardret, maréchal en pied.

Elle ripostait bravement, en bonne fille, pas bégueule, avec des éclats de rire saccadés, faisant gentiment tressauter une gorge qui, bien qu'ayant nourri pour la patrie une demi-douzaine de petits Jardrets, paraissait des plus appétissantes aux deux sous-officiers, car dans ce poste avancé sur la frontière tunisienne, le sexe radieux ne brillait que par son absence.

—Mon lieutenant?...

—La quatrième depuis huit jours, adjudant. Voyez comme vous faites votre service. La quatrième poule, nom de Dieu!

—Quoi! quelle poule? fit l'autre ahuri.

—Disparue, volée, chapardée par les zouaves.

—Cela m'étonne, observa l'adjudant; car les spahis de garde ont la consigne de surveiller les zouaves qui entrent dans le bordj. Et du reste, depuis qu'ils ont remplacé la compagnie de lignards, les poules ne sortent plus de la cour.

—Alors ce sont les Bédouins qu'on laisse coucher dans les caves. Je vais demander au capitaine qu'on les balaye, ou alors j'envoie la popote au diable!

Une petite pluie fine, froide, désagréable, persistante, commençait à tomber. On a beau être en Afrique, dans la vallée de l'Oued-Mellegue, à quarante kilomètres au sud du Kef, quand, au mois de février, le vent souffle du nord-ouest, amenant cette pluie maudite, il ne fait pas précisément chaud. Et depuis une quinzaine, il pleuvait et ventait chaque nuit; aussi les caves vides du bordj en construction se remplissaient-elles à la brune. Là se réfugiaient *nègres*, *Biskris*, *Mozabites*, enfin tous les *Berranis*, tous les *Khrammès* qui, en qualité de plâtriers, âniers, manoeuvres, gâcheurs, goujats, étaient engagés par l'entrepreneur, à raison de dix sous par jour.

Une vingtaine de gueux, se tenant bien tranquilles, très sages, parlant à voix basse, se chauffaient, en cercle, les jambes à de petits feux de débris de planches, de copeaux, de déchets de bois, allumés çà et là, en différentes caves, faisant de toutes petites flammes chétives, comme des feux de pauvres qu'ils étaient, discrets, humbles, honteux, n'osant se montrer.

On les tolérait, ces misérables. Ils couchaient d'abord au dehors, dans les halliers ou bien derrière les bastions, enveloppés de leurs burnous troués, mais depuis que le vent du nord-ouest apportait cette pluie qui pénètre tout et en un quart d'heure trempe jusqu'aux os, ils se glissaient sournoisement chaque soir dans les fondations du bordj. Deux d'abord, puis trois, puis dix, puis tous.

Ils ne gênaient personne, mon Dieu! Entrés sans bruit, une heure après le coucher des poules ils cuisaient leur petit *frechteak* dans des gamelles ébréchées, puis s'allongeaient autour des cendres chaudes. Au petit jour, ils détalaient sur le chantier avant le lever de leurs maîtres, les maçons.

Pauvres diables! il faut bien gîter quelque part. La belle étoile dore les rêves, mais seulement quand le temps est sec; et ce n'est pas avec dix sous par jour qu'on peut prétendre à une chambre d'hôtel. Et hors du bordj, à part les gourbis des *mercantis* et les huttes des tailleurs de pierre, on ne trouvait que la broussaille et la grande plaine déserte. Donc on les tolérait, car le capitaine avait dit «qu'ils séchaient les fondations.» Mais du moment où ces guenillards payaient notre hospitalité en nous volant nos poules..... la quatrième en huit jours, nom de Dieu! la fureur de Fortescu nous gagnant, nous nous précipitâmes dans les caves.

—Debout, tas de sauvages!

Lisant sur notre mine une catastrophe prochaine, les malheureux blêmirent, se levèrent précipitamment, accueillant par un silence funèbre notre furieuse irruption.

—Qui a volé les poules? nom de Dieu! les poules du capitaine!

Terrifiés, ils se regardaient. Puis, le premier moment de stupeur passé, un concert de dénégations indignées et de protestations vertueuses s'éleva. Tous posant la main sur leur coeur se jurèrent sur la tête du prophète et la barbe de leurs aïeux, incapables d'un aussi abominable forfait.

Incrédules et ironiques, nous fîmes d'un coup de pied sauter les vieilles écuelles où mitonnait sur le feu la pitance du soir. Des sauces innommées coulèrent sur les tisons, des débris noirâtres, fragments de tête de mouton ou de cou de vache, roulèrent dans les cendres, mais de traces de poule, point. On fouilla les coins, on remua du bout de la botte de petits tas de hardes, des morceaux de natte pourrie; pas de poule, pas de poule! Finalement, par acquit de conscience et pour qu'il ne fût pas dit qu'on avait manqué de zèle, on balaya d'un dernier coup de pied les petits foyers misérables, faisant voltiger de droite et de gauche débris de gamelles et débris de viandes, oignons rôtis et bois brûlé; et l'adjudant Pechiné remonta rendre compte du résultat de sa mission.

—Pas de poule, mon lieutenant.

—Parbleu; aviez-vous la naïveté de croire qu'ils allaient vous présenter ma poule sur un plateau! Mais ils l'ont dévorée, les cochons! Ils l'ont engloutie, les goinfres. Qu'on les f...iche dehors et qu'on ne les revoie plus.

II

On les f...icha dehors. Ça ne traîna pas, je vous jure. La pluie redoublait de violence. Le vent soufflait au corps, y collant les vêtements mouillés. Ils allèrent, je ne sais où, emportant leurs hardes humides, pensifs, silencieux, sans un murmure, le ventre creux, l'estomac vide, courbés sous le destin maudit.

Et quand le dernier eut disparu, l'adjudant promena partout sa lanterne.

Il remontait l'escalier lorsqu'il entendit un gémissement. Il fouilla de nouveau et dirigeant le rayon dans un recoin ténébreux, il éclaira soudain un groupe de deux hommes.

—Eh! là! qui est-ce?

Dans le retrait le plus obscur, sous l'escalier de la cave était blotti un vieux nègre secoué par la fièvre ou le froid; et accroupi à ses côtés, lui soutenant la tête, un second nègre, celui-là, jeune et vigoureux, essayait de le réchauffer. Il s'était dépouillé à cet effet de son burnous et de sa goudourah, et entièrement nu, grelottant lui-même, il se penchait sur l'autre, l'enlaçant; mais les dents du vieux claquaient avec un bruit de castagnettes, et l'on voyait, spectacle lamentable, sa barbe blanche, courte et laineuse, frisottant sous le menton, monter et descendre avec des mouvements saccadés et rapides, tandis que les yeux se fixaient hébétés et immobiles sur le feu de la lanterne.

Le jeune, collé au vieux, le couvrait de son corps et de ses bras comme un enfant qu'on cache, se faisant aussi étroit que possible, cherchant encore à se dissimuler.

—Ah! les sauvages, cria l'adjudant. Encore deux ici. Plus moyen de se débarrasser de cette vermine. Dehors, nom de Dieu! dehors!

Il cherchait à s'exciter lui-même, à se mettre en colère, mais ce n'était pas un méchant garçon, et au fond il se sentait le coeur gros, de jeter ainsi dans la nuit pluvieuse ce vieillard mourant de fièvre.

Alors le jeune se leva, et humble, caressant, suppliant:

—Sidi, je t'en prie, laisse-nous. C'est mon père. Tu vois, la fièvre le ronge. Je l'ai amené aujourd'hui de Souk-Arras, mais il ne peut aller plus loin. Ne nous chasse pas, Sidi, nous n'avons fait aucun mal. S'il y avait eu un douar près d'ici, nous serions allés jusqu'au douar. Je l'aurais porté sur mes épaules, mais il n'y en a pas. Laisse-nous pour cette nuit, dans ce petit coin noir. Nous ne ferons pas de bruit, nous ne bougerons pas et nous te débarrasserons demain avant l'aube.

L'adjudant remonta l'escalier.

—Tous partis? demanda l'officier.

—Oui, mon lieutenant... à l'exception d'un vieux négro qui ne peut marcher.

—Un vieux! Il est plus canaille que les autres, alors. C'est lui qui a volé les poules, c'est certain.

—Je ne pense pas. Il est malade et arrive de Souk-Arras.

—Que chantez-vous qu'il ne peut marcher alors? De Souk-Arras, dites-vous? C'est un voleur envoyé par les Kroumirs et il est malade d'indigestion pour avoir dévoré gloutonnement ma poule. Ah! le cochon! vous allez me le flanquer dehors, et vivement, hein!

L'adjudant redescendit, et, honteux de la consigne qu'il exécutait, hésitant encore à l'exécuter, il dit au jeune:

—Allons! négro, va-t-en. Emporte ton père. Le capitaine ne veut pas qu'on reste ici.

Et il s'en alla sans insister davantage et sans regarder en arrière, pensant bien que le négro ne le suivrait pas, esquiva le lieutenant Fortescu et courut à la cantine où son dîner refroidissait.

Mais Fortescu enveloppé dans son caban et tirant d'énormes bouffées de sa pipe, sur le seuil de la porte du Bordj, ne voyant pas sortir ce vieux qu'il se préparait à apostropher au passage, s'impatienta, descendit dans les caves où il finit par découvrir les deux nègres, et se mit à pousser de terribles jurons.

—Sidi, répéta le jeune, c'est mon père. Peut-être as-tu, toi aussi, un père vieux et infirme. Au nom du tien, laisse pour quelques heures le mien ici. Aie pitié de lui, Sidi? Le Prophète a dit: «Aie pitié de ton père et de ta mère infirmes, comme ils ont eu pitié de toi quand tu étais tout petit.» Tu vois, il tremble comme un pan de burnous secoué par le vent.

—A la porte! vociféra Fortescu furieux; mon père est-il un vagabond comme le tien? Filez tous deux, ou je vous fais chasser à coups de fourreau de sabre.

Et il poussa de sa botte le vieux, qui rassemblait toutes ses forces débiles pour se soulever et obéir.

—Sidi, ne le touche pas, sur ta tête, ne le touche pas, s'écria le fils, l'oeil en feu, la lèvre tremblante, poings crispés, menaçant.

La lueur fauve de la lanterne jetait sur le bronze de son corps des teintes de pourpre. Musculeux et terrible, il fit presque peur à Fortescu, peu soucieux de se colleter dans cette cave avec ce géant noir; aussi, reculant jusqu'à l'un des soupiraux ouverts près du poste, il appela:

—Hommes de garde, ici!

Et quand cinq ou six spahis entourèrent le nègre, il lui cingla le dos de sa canne de jonc.

La colère fait commettre des lâchetés aux plus braves.

Et désignant le vieux qui râlait:

—Qu'on jette cela dehors, dit-il, et il ralluma sa bouffarde.

L'oeil du fils s'ensanglanta; cependant il se baissa sans mot dire, souleva son père, l'enveloppa avec soin, et tout nu, le chargeant sur ses épaules, comme Enée fit du vieil Anchise, il sortit du bordj en crachant derrière lui.

La pluie redoublait. La petite maman Jardret, couverte du burnous du *marchef*, accourut en riant, pour voir ce grand nègre tout nu, emportant ce vieux huché si drôlement sur son dos, tandis que derrière elle, le marchef, abusant des droits que lui octroyait le prêt de son burnous, et profitant de l'ombre, la chatouillait aux endroits sensibles, ce qui lui faisait pousser de petits cris étouffés, pendant que là-bas, la silhouette chancelante, fouettée du vent et battue par l'averse, se perdait peu à peu dans la nuit.

III

Environ trois semaines après, le lieutenant Fortescu, pipe en bouche et canne en main, se promenait paisiblement comme un honnête bourgeois, au milieu des buissons de genévriers et de myrtes qui entourent le bordj d'El-Meridj. Le ciel était d'indigo, le soleil radiait et les hirondelles arrivaient en foule. Pour la première fois depuis le commencement de l'année, il avait sorti son vêtement de coutil et s'était coiffé d'un grand chapeau de feuille de palmier, présent d'un caïd du voisinage, Hamdabel-Hassen. Tout en fumant sa vieille bouffarde, il tapait de sa canne de jonc, à droite et à gauche, avec colère, sur les jeunes pousses des genêts comme un *chaouch* sur des têtes de Turcs.

Il avait bien déjeuné cependant, pris le café, le pousse-café, la bière, la rincette, la surrincette et encore la bière; pourquoi diable n'était-il pas content?

Une autre poule manquait-elle donc à l'appel. Hélas! oui. Non pas une, ni deux, ni trois, ni quatre, mais dix. Bientôt par douzaines on comptait les absentes. Le coq même, le magnifique coq cochinchinois, si superbe, si fier, si vigoureux, cet hercule des gallinacés avait disparu. Pourtant les caves du bordj ne servaient plus de refuge aux *Chaouias*, ni aux nègres; mais Fortescu, en reconnaissant les débris affreusement mutilés du chef de file, mijotant en compagnie de pommes de terre dans une gamelle de campement de la *quatrième du deux*, venait d'avoir la preuve que les zouaves seuls dévastaient son poulailler.

Mais ce n'était pas ce qui le tracassait et le poussait à sabrer les branches verdoyantes de l'arbuste cher à Vénus, car les rapines allaient avoir une fin. La compagnie de zouaves rentrait à Constantine; encore quelques jours et l'on serait débarrassé de ce mauvais voisinage.

Et voilà justement ce qui embêtait Fortescu. Depuis deux ans que duraient les travaux du bordj, la smala de spahis ne suffisant pas d'abord pour protéger les travailleurs, on avait, dès le principe, envoyé un bataillon; bientôt le bataillon s'était réduit à deux compagnies, puis à une; et maintenant on retirait cette dernière comme absolument superflue. Le pays pacifié, les tribus de la frontière soumises; plus de factionnaires assassinés; plus de têtes de colons coupées.

Calme plat partout. On pouvait aller de Tebessa à El Meridj, d'El Meridj à Souk-Arras, de Souk-Arras au Tarf et du Tarf à la Calle, tranquillement, la canne à la main, en fumant des cigarettes, comme de la Bastille à la Madeleine, avec cette différence qu'au lieu de payer ses rafraîchissements à un prix exagéré, sans compter le pourboire au garçon, on était hébergé gratis le long du chemin par ces imbéciles d'Arabes, sans même se croire obligé de leur dire «merci» au départ. Et voilà des mois et des mois que cela durait! Et ça allait durer peut-être encore des mois et des mois et des années entières. Cré tonnerre! Eh bien! mais alors... et l'avancement, nom de Dieu!

Il est vrai que, depuis six mois, les terribles fièvres d'El Meridj rongeaient le capitaine, ne lui laissant que le cuir sur les os.

S'il *cassait sa pipe*, ça ferait une place; mais quand tournerait-il de l'oeil? On en voit comme ça, des souffreteux, des faiblards, des moitié-crevés, qui semblent n'avoir plus qu'un souffle et qui enterrent les plus solides.

Ce n'est pas qu'il en voulait à ce brave homme de capitaine Fleury; il l'aimait beaucoup, au contraire, il se serait fait trouer la peau pour lui dans une charge, mais que diable! puisqu'il n'y avait plus rien à fricasser dans ce sacré pays, il fallait bien se demander si les anciens ne songeaient pas à défiler la grande parade.

Chacun pour soi, n'est-ce pas donc? Eh, nom de Dieu, non! plus rien à faire, positivement. Ces animaux de Bédoins deviennent doux comme des moutons et comme eux se laissent tondre. Tas d'idiots! S'ils se remuaient seulement un peu, de temps à autre! Mais ils ne demandent qu'à vivre en paix! Malheur! Vingt ans de services, et n'être que lieutenant en premier! Il avait sollicité un poste de la frontière, comptant sur des chevauchées, des coups de sabre et des horions, et voilà qu'il prenait du ventre. Quand donc ce gouvernement d'avocats et d'épiciers se décidera-t-il à taper sur quelqu'un ou quelque chose? Avec l'empereur, ce serait déjà fait. Comment voulez-vous que des officiers deviennent républicains si on leur coupe les chances d'avancement! Autant faire du lard et rester chez soi. On gagnerait davantage à vendre des chandelles. Le métier est perdu dans ces parages. Il n'y a pas encore dix mois, on n'aurait pas fait dix pas hors du bordj sans recevoir un pruneau, et le voici à plus de deux cents mètres. On est obligé de compter sur les fièvres et les dyssenteries, puisqu'on n'entend plus siffler la moindre balle.

Comme si une fée bienveillante eût entendu ce monologue et eût voulu satisfaire les souhaits de Fortescu, une détonation retentit et un sifflement strident vibra près de son oreille, mais si près qu'il en sentit le vent.

Il se retourna avec une vivacité et une prestesse que n'aurait pu faire soupçonner son ventre de cavalier bien nourri.

—Butor! maladroit! cria-t-il. C'est encore cet animal de *marchef* qui tire les lièvres. Eh! dites donc, vous, là-bas! Faites attention où vous envoyez vos balles, nom de Dieu!

Mais un second coup qui, cette fois, troua son beau chapeau de palmier, lui prouva que, précisément, le tireur prêtait la plus grande attention à l'endroit où il envoyait ses balles, et que le but n'était pas un lièvre; et tout pâle d'émotion et de colère, il aperçut dans la fumée bleuâtre s'élevant en gracieuse spirale d'un fourré de tamarin, un burnous blanc qui s'agitait.

—A cheval! à cheval!

Et encore essoufflé de sa course, il montrait au capitaine le trou de son chapeau.

—Sont-ils nombreux? demanda l'autre, se jetant hors de son lit tout grelottant de fièvre.

—Je n'ai pu les compter, mon capitaine; ils sont embusqués dans les broussailles; mais ils ont tiré plusieurs coups de fusil.

—J'en ai entendu deux. J'ai cru que c'était cet empoté de marchef qui chassait.

Mais le marchef accourait de la cantine où il était en train de sirotter son sixième *champoreau*, tout en racontant l'histoire de la *Pucelle enragée* à la petite maman Jardret qui avait mal au ventre à force de rire.

—Un peloton, à cheval!

Et cinq minutes après, le peloton commandé par Fortescu dévalait au grand trot.

On battit les broussailles, on feuilla les halliers, on descendit jusque dans le lit encaissé de l'oued Horrirh: on ne découvrit que quelques petits pâtres et deux ou trois chaouias paisiblement assis, devisant des choses du temps.

L'ennemi avait disparu.

Une fillette qui s'était enfuie à l'approche des spahis, et qu'on rattrapa bien vite en la menaçant de lui couper la tête si elle ne disait pas toute la vérité, déclara affolée et tremblante, avoir aperçu un grand *négro* traverser les broussailles et courir dans la direction du douar du caïd Hamda-bel-Hassen des Ouled-Ali, de l'autre côté de l'oued Horrirh, au pied de la montagne.

IV

Le caïd Hamda-bel-Hassen était mal noté au bureau arabe. Il avait pris part autrefois à tous les soulèvements des Nememchas et, bien qu'ayant fait sa soumission, dans les troubles récents de la frontière, il fut visible à tous qu'il ne nous fournissait qu'à regret son goum.

Cependant, depuis l'installation du camp d'El-Meridj et la construction du bordj collé comme une menace aux flancs de son territoire, il vivait paisiblement en philosophe, entre ses femmes et ses *slouguis*, se rendant deux fois chaque année à Tebessa avec son trésorier et son secrétaire pour y payer l'impôt, et ne manquant jamais de se faire accompagner d'un mulet chargé d'étoffes de Tunis, de *djebiras* soutachées, d'oeufs d'autruches, d'armes forgées dans les ksours; cadeaux de peu de valeur, mais qui entretiennent l'amitié et que pouvaient, sans se compromettre, accepter les officiers du bureau arabe.

Aussi parut-il fort surpris de l'irruption des cavaliers rouges; mais faisant une mine souriante, il s'avança à leur rencontre, escorté des *kebirs* de son douar:

—Soyez les bienvenus, ô les envoyés de Dieu! cria-t-il. Que le salut se répande sur vos têtes! En croirais-je mes yeux ravis? Oui, c'est bien lui, c'est mon ami, l'illustre et vaillant lieutenant Fortescu, le maître du sabre! Comment es-tu, comment vas-tu? Comment vont les tiens, mon cher frère?

—Pas tant de compliments, répliqua brutalement Fortescu qui professait le plus grand mépris pour la civilité puérile et honnête, aussi bien française qu'arabe. Nous savons qui tu es, mon noble seigneur, et ce dont tu es capable. Des hommes de ta tribu ont tiré ce matin même sur des officiers du bordj.

—Des hommes de ma tribu! s'exclama Hamda-bel-Hassen. Est-il possible? Tu me plonges dans la stupéfaction. Tu as été induit en erreur, mon fils.

—Induit en erreur, nom de Dieu! Mais deux balles ont sifflé à mes oreilles, et mon chapeau a été troué.

—Puisque tu l'affirmes, je le crois, car il ne peut sortir que la vérité de ta bouche. Dis-moi donc le nom des maudits et qu'Allah vide ma selle et donne à ma jument un juif pour cavalier, si je n'en fais prompte justice.

—Tu te moques de moi, caïd. Est-ce que je connais tes sauvages. Un *négro* se trouvait avec eux.

—Un négro! Il n'y de nègre au douar que mon serviteur Salem. Salem, viens ici.

Un grand nègre, jeune et vigoureux, sortit d'une tente, étonné et riant, montrant ses éblouissantes molaires.

—C'est lui! s'écria Fortescu, je le reconnais. Je l'ai chassé du bordj il y a trois semaines. Il nous volait nos poules.

—Ce que tu me dis m'étonne, mon très cher ami, répliqua le caïd. Cet homme ne peut t'avoir volé tes poules; car il nous est arrivé de Souk-Arras, exténué de fatigue et de faim, portant sur ses épaules le corps de son père, le vieux Bou-Beker, mort de fièvre dans la nuit pluvieuse. Nous l'avons accueilli parmi nous.

—Plus de doute, alors. C'est bien lui! Spahis, empoignez cette canaille.

—Arrêtez, mes enfants. Vous êtes musulmans; ne commettez pas un acte injuste. Je veux qu'Allah m'abandonne entre deux cavaleries, si Salem a quitté le douar ce matin!

Devant ce serment, les spahis hésitèrent.

—C'est une rébellion, vociféra Fortescu. Caïd Hamda-bel-Hassen, fais bien attention. Je vais envelopper ton douar et vous pousser tous au bordj. L'ordre que je donnerai est au bout de ta réponse. Livre l'homme de bonne volonté, sinon je le prends de force et alors gare la casse. S'il est innocent, on te le rendra.

En entendant ces mots, le nègre Salem saisit le bas du burnous de son maître et se prosternant:

—Caïd, s'écria-t-il, mon bon seigneur, ne me livre pas. Je m'abrite la tête du pan de ton burnous. Je suis ton esclave et ton hôte. Ne me livre pas, ils ne me rendront plus.

A quelque distance, les gens du douar regardaient farouches et silencieux. Mais sur le seuil des tentes, les femmes écoutaient, et plus ardentes que les hommes, plus nerveuses et aussi plus sensibles à l'injustice et au manque à la foi jurée, elles crièrent:

—Ne le livre pas, caïd. Il est l'hôte de la tribu. Par la tête du Prophète et le serment d'Ebrahim, ne le laisse pas aller. Tu sais bien que ce n'est pas lui qui a tiré sur l'officier français; c'est son frère *El Kenine* (le lapin), qui court maintenant dans la montagne. Le Roumi a chassé son père mourant, il a tenté de se venger. C'est bien!

Et tous les hommes répétèrent:

—C'est bien.

Le lieutenant fit tirer les sabres.

Vingt-quatre lames nues étincelèrent aux feux du soleil couchant. Cette vue acheva d'exaspérer les femmes.

—Oh! les maudits! hurlèrent-elles, les chiens, fils de chiens! Holà! hommes, nos époux et nos fils, n'est-il donc plus de balles dans vos cartouchières?

Mais le caïd, levant le bras et se tournant vers les crieuses, dit d'une voix impérieuse et grave:

—Paix, femmes! vos langues sont semblables à la queue du scorpion noir; quand elles blessent, elles tuent. Silence! les hommes savent ce qu'ils ont faire.

Puis s'adressant à l'officier:

—Ecoute. Ce qui est écrit est écrit. Mais ton acte est un acte de violence. Je n'aurais qu'à faire un geste et la poudre parlerait. Mais je suis l'ami des Français et avec eux je veux vivre sans dispute. Prends cet homme: je ne te le livre pas, car il est mon hôte, mais je te le confie. Demain, au milieu du jour, j'irai le réclamer à ton bordj; d'ici là, tu auras réfléchi... Femmes, paix! L'officier a dit: S'il est innocent, on le rendra. J'ai sa parole. Que ma tête soit maudite si l'on touche un cheveu de la sienne.

V

On rentra fort tard au bordj et le capitaine se releva pour faire subir au prisonnier un interrogatoire provisoire et sommaire.

Il persista dans ses dénégations. Était-ce lui qui avait tiré sur le lieutenant? Était-ce son frère El Kenine? Avait-il seulement un frère nommé El Kenine? On ne le sut jamais. Mais peu importait. Son frère ou lui c'était tout comme. L'essentiel était de punir l'arrogance de cet Hamda-bel-Hassen et l'on ne pouvait saisir une meilleure occasion. Afin d'enlever les derniers scrupules qui auraient pu troubler la conscience des juges, deux ou trois spahis se trouvèrent à point pour déclarer qu'ils croyaient reconnaître le moricaud pour l'avoir aperçu rôdant de nuit autour des bastions. Mais tous les nègres se ressemblent à partir du moment où l'on ne peut distinguer un fil blanc d'un fil noir.

Taillé en hercule, audacieux, musculeux, agile, cet homme n'en était que plus dangereux. Qui sait si ce n'était pas lui le voleur du cheval du maréchal des logis Othman-ben-Khalifa, enlevé une nuit près de sa tente au milieu même de la smala? «Certainement, ce devait être lui.» On le jeta au silos en attendant qu'on le conduisît au bureau arabe de Tebessa, le lendemain matin.

Mais, par le fait, pourquoi le conduire au bureau arabe?

On tint un long conciliabule à la suite duquel l'on plaça deux zouaves en faction derrière chaque bastion, en dehors du bordj, avec une consigne sévère.

Le brigadier Ali-bel-Kassem, de garde cette nuit-là, eut, avec Fortescu, un entretien privé. Chose étrange, cet homme à cheval sur la consigne et d'une vigilance exemplaire, tomba dans un profond sommeil, oubliant de pousser le verrou de la trappe servant de prison.

Ce silos, un trou carré d'une dizaine de pieds de profondeur, maçonné dans le bastion sud-est, faisait face à la frontière. On y pénétrait par une échelle qu'on retirait aussitôt le prisonnier descendu. Mais un homme agile n'a pas besoin d'échelle; aussi, vers trois heures du matin, une grande ombre noire, qui semblait sortir de dessous terre, rampa le long des murs.

«Gloire à Dieu miséricordieux!»

Les spahis de garde enveloppés dans leurs burnous, ronflaient derrière les chevaux. Le fantôme glissa entre eux et les croupes dans l'obscurité du hangar, flattant de la main les bêtes éveillées brusquement, disant: «Oh là! oh là!» comme un garde d'écurie vigilant; puis, quand il fut caché par la clôture de planches fermant l'un des côtés du hangar, près de la cantine, il s'arcbouta à l'angle, et s'aidant des mains, des genoux et des pieds, avec une agilité de panthère, il atteignit en dix secondes la crête de la muraille.

On put voir pendant un instant son corps nu semblable à un bronze florentin, à cheval sur la crête. Il fouillait de ses yeux ardents la broussaille noire qui tachetait au-dessous de lui le sol pierreux; non loin, à cinq cents mètres à peine, s'étendait la grise plaine tunisienne où se dressait, table gigantesque, le rocher carré de Galaah, d'où il pourrait défier les chrétiens maudits.

Une course de cinq minutes, quelques bonds dans les genêts et les hautes herbes, et la frontière et la liberté!

Peut-être fut-il saisi par cet inexplicable serrement d'angoisse qu'on nomme pressentiment et qui hante ceux que menace une catastrophe, car il hésita et, tournant la tête, jetant un regard dans la grande cour silencieuse, il parut se demander s'il ne valait pas mieux redescendre, regagner son silos et s'en remettre au bon plaisir des justiciers militaires.

Mais, tout à coup, à ses pieds, le coq de la cantinière réveillé par le grattement de la muraille fit retentir le bordj du clairon perçant de sa fanfare matinale. Les poules gloussèrent, le poulailler entier s'éveilla et le nègre disparut de l'autre côté du mur.

Il ouvrit les mains, sauta et tomba légèrement dans le fossé, jarrets plies, comme un gymnasiarque, et bras en avant; puis il gravit d'un bond la contrescarpe et s'élança vers les genêts.

«Gloire à Dieu miséricordieux» dit-il, une seconde fois.

Il était sauvé.

Mais le bruit sinistre et bien connu d'une batterie qu'on arme lui fit faire un saut de côté.

«Crac, crac.»

Il bondit, le corps ployé en deux, dans le hallier noir.

Un éclair déchira la nuit, un tonnerre, le silence. Puis, un second éclair et une autre détonation. Un bruit de corps frappant la terre... Un long râle... puis plus rien, et deux voix joyeuses, mais un peu émues, crièrent:

—Ça y est! Il a fait bonhomme.

—Bien visé!

Et deux zouaves, la baïonnette au canon, se précipitèrent.

—Tiens, dirent-ils, c'est un négro!

VI

Quand le caïd Hamda-bel-Hassen arriva, vers huit heures, on lui montra le cadavre. Il était là, à la même place, sur le ventre, frappé par derrière, comme un fuyard, de deux coups de feu, l'un à l'épaule, l'autre au flanc.

Il inclina la tête. Rien à dire. C'est la loi de guerre. Toute tentative d'évasion est punie d'une balle.

Il s'en alla sans se plaindre. Les femmes de son douar l'accueillirent par des huées et, du samedi au vendredi, sa plus jeune épouse lui refusa sa couche; mais il jura à toutes que, pour racheter la tête de son nègre, il leur jetterait dix têtes de Roumis.

Le pays, jusque-là relativement tranquille, devint agité, plein de convulsions. Les volcans de colère éclataient de toutes parts. Les prairies somnolentes s'éveillèrent, les montagnes et les gorges tressaillaient.

Le caïd Hamda-bel-Hassen tenait parole. Il prit les dix têtes les unes après les autres, les cueillant des épaules comme des fleurs de leurs tiges, pour apaiser les femmes irritées des Ouled-Ali. Il s'était réfugié dans les abrupts rochers du Djebel, mais chaque fois qu'il descendait dans la plaine, il y laissait sa marque: une large tache de sang.

L'escadron de spahis et la compagnie de zouaves devenus comme autrefois insuffisants, furent renforcés de troupes de Souk-Arras et de Tebessa.

Les bords de l'Oued-Horrirh et de l'Oued-Mellegue s'ensanglantèrent. Deux tribus s'étaient jointes à celle d'Hamda-bel-Hassen, le tout montant à 800 chevaux et environ 1,200 fusils; ce fut l'affaire de quelques semaines. La chasse à l'homme commença. Traqués comme des fauves, ils durent se rendre à merci. Pas de quartier, c'était la consigne. Pris en armes ou sans armes, on les tua comme des chiens. On brûla le pâté de montagne où se retranchait encore Hamda-bel-Hassen. Vignes, moissons, oliviers, figuiers, tout fut bientôt en cendres.

Les vieilles forêts de chênes-lièges flambaient comme des boîtes d'amadou. Les *insurgés* se défendaient toujours. Hachés, sabrés, minés, roussis, ils brûlaient leur dernière cartouche. Sans cartouche, ils luttèrent avec leurs *flissas*. La lame brisée, ils mordirent. A coups de crosse on leur brisa les mâchoires.

N'ayant pas de Bazaine, ils n'eurent pas de Metz... mais ils eurent leur Sedan. Et ne possédant ni tribuns, ni avocats, ni politiciens pour les diviser et les corrompre, les derniers qui restaient marchèrent ensemble à la mort.

Cernés dans un creux de rocher au nombre de deux à trois cents, dépenaillés, demi-nus, exténués de fatigue, mourant de soif et de faim, deux mille hommes les mitraillèrent. Ils tombèrent jusqu'au dernier. Encore une fois, la civilisation eut raison de la barbarie.

Fortescu, dans cette bagarre, ramassa son képi de capitaine. Il s'était bravement conduit et ne l'avait certes pas volé.

Il retourna au bordj qu'il commandait en second et, fumant sa vieille bouffarde avec son vêtement de coutil et son képi bleu de ciel tout neuf, il regarda souvent du plateau où se dresse fièrement le bord d'El Méridj, le pays désert, les forêts brûlées qui fumaient encore, et souriant en homme heureux de son oeuvre.

—Et tout ça pour une poule volée, disait-il. Mais nous n'avons pas de reproche à nous faire. On ne peut pas dire que c'est nous qui avons commencé.

—Non, mon capitaine, répondit le sous-lieutenant Péchivé, se souvenant du surnom du nègre Salem (*El Kénine*), c'est le lapin!

IV

LA FILLE DU BISKRI[3]

[Note 3: Les *Biskris*, indigènes du pays et de la ville de Bisk'ra au sud de la province de Constantine, émigrent en grand nombre dans toutes les villes d'Algérie où ils se font commissionnaires, portefaix, porteurs d'eau, aides-maçons, muletiers, âniers, balayeurs. Ce sont les auvergnats du Tell Algérien. De là on désigne sous le nom général de Biskris, les indigènes exerçant ces professions. Les spahis, exempts de certaines corvées obligatoires dans les autres régiments de cavalerie, payent sur leur solde, dans chaque escadron-smala ou détachement, un *biskri* chargé de la propreté des cours et des écuries du quartier ou du bordj.]

I

On ne lui connaissait pas d'autre nom, ou plutôt elle en avait ramassé une telle poignée dans le calendrier des beautés musulmanes pour les jeter à ses amants successifs qu'on ne savait, dans le tas, lequel était sien. *Aïcha, Zohrah, Messaouda, Mabrouka, Fatmna, Baya, Meryem?* Qu'importe! La fille du Biskri! cela suffisait et cet anonymat remplissait les six escadrons de son érotique notoriété.

Jeté tout à coup au milieu des réunions mornes et silencieuses, il faisait surgir les plus étranges et les plus tintamarresques récits.

Quand, dans les longues tristesses des soirées d'ambulance, le narrateur assoupissait l'auditoire avec les aventures du *Caporal La Ramée* ou de la *Princesse amoureuse du gendarme*, on n'avait qu'à le prononcer pour soulever les rires des éclopés et réveiller les somnolents.

Et que de fois du Djurjura aux lacs Salés, de Djidjelly à Tougourt pendant les nuits pluvieuses ou étoilées, alors qu'on se rôtit les jambes aux feux du bivouac, son image est venue danser avec les gais propos autour des flammes joyeuses!

Bref, absente, éloignée, perdue là-bas, là-bas, dans un coin de la frontière tunisienne, elle excitait les plaisanteries des chambrées, la gaieté des cantines, les lazzis des camps, la jalousie des Aglaés de corps de garde, l'indignation des femmes vertueuses, les convoitises de tous les spahis.

La fille du Biskri! tous en parlaient et cependant combien peu pouvaient se vanter de la connaître! Elle était comme ces contrées lointaines et merveilleuses dont chacun discoure sans les avoir jamais vues. Une dizaine d'entre nous, au plus, nous en avions fait le calcul, avaient navigué sous ses chaudes latitudes, s'étaient bercés au souffle de son haleine parfumée de *souak* et consumés comme des morceaux d'étoupe aux ardents rayons de ses grands yeux noirs.

Aussi abondaient sur sa personne les détails les plus contradictoires.

Les uns la prétendaient aussi osseuse et décharnée que les pitoyables bourriques qui charrient sur leurs dos saignants les détritus de Constantine dans les ravins de Koudiat-Aty, les autres, énorme et grasse comme une truie de

Lorraine; ceux-ci affirmaient qu'elle exhalait les odeurs d'une négresse qui aurait poursuivi un lièvre à la course; ceux-là qu'elle infectait le musc.

Elle était, suivant les premiers, vivante, rétive, brutale comme une chèvre amoureuse; selon les seconds, facile, passive et lâche comme une chamelle fourbue.

Que croire? Si ce n'est que ces malveillants lovelaces ne l'avaient jamais approchée; renards piteusement éconduits ils dépréciaient le raisin trop vert, mais les heureux qui avaient pu mordre à la grappe, parlaient, les yeux noyés et la salive aux lèvres, de la saveur du fruit.

Cependant tous s'accordaient sur un point: la beauté sans pareille de son visage; et pour la description de cette beauté, les enthousiasmes ne variaient pas. Et c'était là le plus extraordinaire, ces contradictions d'une part et cette unanimité de l'autre, car depuis quatre ou cinq années les maréchaux des logis français désignés à tour de rôle pour commander la petite smala *d'El Tarf*, sous les ordres de l'inamovible capitaine Ardaillon, les seuls du régiment qui eussent occasion de la connaître, se passaient cette merveille en consigne avec les effets de casernement du Bordj:

Cinq lits complets.
Trois balais.
Deux cruches.
Deux gamelles.
Une marmite.
Quatre bidons.
Une paillasse de corps de garde.
Et... la fille du Biskri!

Elle faisait partie du matériel et pour un nombre de mois variant de trois à dix, devenait la propriété provisoire du sous-officier moyennant, bien entendu, un prix de location raisonnable à verser entre les mains du papa. ——

Aussi quand mon tour de détachement fut venu et qu'après trois longues journées de cheval, mon spahis me désigna du doigt sur le flanc d'un mamelon pelé une verdoyante oasis flanquée d'un petit carré de pierres blanches, en disant «*El Tarf*» je pensais à la fille du Biskri et ne sentis plus ma fatigue.

—Et où est-elle? demandais-je, le soir même à mon prédécesseur qui suivant l'usage me passait la consigne:

—... Quatre bidons.
Une paillasse de corps de garde.
Et la fille du Biskri!

—A un temps de galop du Bordj, sur le chemin de la rivière, on découvre à droite, une demi-douzaine de gourbis enfouis dans des figuiers, des cactus et des aloès, c'est là.

—Et le mot de passe?

—*Douro!* (cinq francs) quand on le présente entre le pouce et l'index. Mais attention! On n'entre pas là comme dans une église. Il faut des pourparlers, des formes, de la circonspection. Notre capitane ne badine pas sur l'article morale. Il a une Mauresque à Bône et une Maltaise à La Calle sans compter sa négresse de Souk-Arras, mais il entend qu'on soit vertueux au Tarf. Déjà il a menacé le Biskri de le chasser de la smala s'il continuait le trafic de la jouvencelle. Laissez donc faire le vieux. Il est prudent et habile et quand il jugera le moment opportun, fera ses ouvertures.

—C'est donc si difficile?

—Bon! Vous êtes comme les autres, vous croyez qu'il donne sa fille au premier venu. Ce n'est pas une vulgaire coureuse; elle est honnête et soumise et ne se livre que munie du consentement paternel, sachant que quand il la place, elle est entre bonnes mains. Il prend ses précautions, tâte le terrain, s'assure de la moralité du sujet. Ne vous attendez donc pas à ce qu'il vous jette du premier coup la petite bédouine à la tête. Il va vous étudier d'abord, examiner si vous n'avez pas de vice rédhibitoire, si vous êtes sain et sans tare, si vous n'avalez ni pilules ni drogues suspectes. Ah! c'est un bon père, il a soin de son enfant!

—Est-elle jolie?

—Je ne veux pas en dire de mal; mais il est à La Calle et à Bône des douzaines de bonnes filles blanches, cuivrées, noires qui valent moitié plus et coûtent moitié moins; enfin on prend ce qu'on trouve.

Je dormis mal. L'image de la fille du Biskri traversa mes rêves. En dépit des dires de mon collègue, que je soupçonnais fort être un amant éconduit, je la voyais blanche et lumineuse me sourire et m'appeler; aussi vous jugez si le lendemain, dès le pansage, j'examinais curieusement le père de cette aimée mystérieuse pendant qu'il passait dans le rang des chevaux leur parlant d'une voix brève et gutturale:

Dour allemine, giaour!
Dour el assar, allouf!
Gouddam, al din Roumi!
Ouakkar, Ioudi!

«Tourne à droite, giaour!—Tourne à gauche, cochon!—Avance, sale chrétien!—Recule, juif!» suivant qu'il promenait de sa main ridée et brune, son balai, à droite ou à gauche du cheval, devant et derrière; c'est-à-dire pendant qu'il remplissait ses fonctions de *biskri.*

Vieux Bédouin au regard satanique à demi voilé par une épaisse broussaille de sourcils gris, il portait, correctement et orthodoxement taillée, une courte barbe blanche qui faisait ressortir les tons cuivrés de sa face patibulaire tannée par tous les vents de la plaine, racornie par la fournaise de soixante soleils d'été.

Ah! le gredin! Il avait bien la mine suffisamment sournoise et scélérate d'un père trafiquant de la chair de sa chair. Sa grande bouche d'avare, mince et mauvaise, ébauchait d'énigmatiques sourires. On lisait à la commissure grimaçante de ses lèvres que le drôle devait se livrer en cachette à des rires cyniques et silencieux, quand il recevait le prix de son infâme courtage.

Un *douro!* Cinq francs! Boue de l'âme humaine. Tarif de la virginité de sa fille! Car il la présentait comme vierge, sans sourciller, avec un indicible aplomb, à tous ceux à qui, pour la première fois, il mettait en main le marché.

Il disait: «J'en jure sur ma tête, nul encore n'a déchiré sa puberté.»

Et qui aurait pu dire combien de fois il avait vendu le droit d'y faire des accrocs?

Ce satyre à l'âme immonde m'inspira un immense dégoût. Mais de mes sentiments il parut se soucier comme des crotins qu'il balayait. Il répondit à mon mépris par un mépris égal, et sa besogne terminée, son balai nettoyé et remis en place, il s'approcha de l'abreuvoir, se lava les pieds, les mains, puis le visage, chaussa ses sébastes; se drapa dans ses burnous, et, grave comme un muezzin, aussi majestueux qu'un agha, sortit du Bordj sans même daigner paraître s'apercevoir qu'il était arrivé pour sa fille un client nouveau et des douros de plus. ———

Les jours passèrent; la semaine s'écoula.

Le gueux s'était décidé à remarquer ma présence. De temps à autre il me causait de sa diabolique prunelle ardante entre les crins de ses sourcils comme un charbon rouge derrière une grille; mais sa bouche restait cadenassée.

M'étudiait-il? S'assurait-il de l'état de ma santé et de celui de ma morale? Il prenait bien du temps! Guettait-il le bon moment, le quart d'heure psychologique, la minute exacte où il faut frapper et méditait-il d'augmenter son tarif? Ah! non! pour ça non; je me rebifferais! Un *douro* était le prix convenu, celui payé par tous mes devanciers; il ne fallait pas qu'il s'imaginât abuser de mon inexpérience et de ma jeunesse. Je consentais bien à donner cinq francs, mais pas un sou de plus.

Le *douro* je le gardais précieusement, ayant grand soin de ne pas l'entamer. J'eusse préféré jeûner un long mois de *champoreau* et d'absinthe plutôt que d'y faire une brèche. Je le portais constamment en cas d'éventualité dans la poche gauche de mon gilet, près du coeur, comme un dieu lare, une relique, un scapulaire de saint Joseph, une médaille de la bonne Vierge, toute chose enfin qui vous ouvre le paradis.

II

La gazelle de l'heure continuait à galoper, suivant le dicton des poètes du *Tell*, emportant les jours.

Et aussi impassible que le Destin et impénétrable que le Temps, le Biskri continuait à promener dans la cour du Bordj son balai gigantesque avec des mouvements saccadés de faux et des sourires mauvais comme s'il s'imaginait faucher des têtes de chrétiens, mais ne paraissant pas plus s'occuper de moi que s'il n'avait pas de fille à vendre.

Le soleil commençait à picoter la peau et à harceler les chairs, et ce diable de simoun envoyait de plus de cinquante lieues ses bouffées qui tout à coup soufflaient et haletaient dans les halliers comme des soupirs d'amoureux, chatouillant les flancs des cavales qui couraient dans la plaine et venaient, coquettes, exciter nos chevaux entravés à la corde commune. Ils poussaient alors des hennissements furieux, essayant de rompre entraves et piquets; et lorsque quelque mâle échappé galopait tout frémissant sur elles, elles feignaient de le fuir désireuses d'être atteintes suivant l'usage des femelles de toutes races, pleines de caprices et de ruses.

Je perdais patience, et je faisais au vieux scélérat des clignements d'yeux qu'à moins d'être idiot il ne pouvait manquer de comprendre: «Eh bien, quoi donc? Et ta fille? Décide-toi; parle. Qu'attends-tu? Tu vois bien que je suis prêt!» Peine perdue! Pas un muscle ne remuait sur le masque de cette brute.

Deux ou trois fois, posté sur la porte du Bordj, l'apercevant gravir la colline, j'allais à sa rencontre pour me placer en point d'interrogation devant lui, ou le croiser, comptant qu'éloigné de toute oreille, il s'arrêterait ou tout au moins m'interpellerait au passage: «Tu es prêt? C'est bien. Donne le *douro*. Elle t'attendra ce soir.» Mais au lieu de me tendre sa grande main avide, il la posait sur son coeur, et je ne recevais qu'un banal *salamalek*.

Canaille, va!

C'était donc un mythe que sa fille! Sa réputation comme celle de tant d'autres, une blague? Son histoire, une mystification?

Je ne savais qu'imaginer, que croire; le dépit et la curiosité m'éperonnaient autant que les brûlures amoureuses du simoun.

Devant le bordj, sur la pente du mamelon, s'étendait un merveilleux jardin, où croissait, en des enchevêtrements de serre chaude, une flore tropicale. Bananiers, citronniers, grenadiers, figuiers et ceps de vigne poussaient dans ce fouillis plus drus que mauvaises herbes sous nos climats aux tièdes soleils.

En quelques années, le commandant du bordj, un des derniers soldats laboureurs, rêve du vieux Bugeaud, avait, d'une lande broussailleuse, fait surgir ce coin d'Eden et le montrait avec orgueil aux rares excursionistes aventurés dans ces chemins déserts, comme spécimen des richesses que les colons pourraient tirer du sol algérien, si l'on pouvait tirer du sol de France de véritables colons. Plus bas, une épaisse haie de plantes grasses entourait un potager et un champ de coton.

Puis se déroulait la plaine ensemencée d'orges, de blés et de maïs, coupée des grandes rayures vertes des lauriers, jusqu'à l'horizon festonné d'un bleu sombre, bois étroit où roulait l'*Oued-Zitoun*. Superbe décor pour une Idyle, mais où était la nymphe de l'Idyle?

Cachés dans un repli de la plaine, enfouis dans les cactus, j'avais découvert les gourbis des *Khrammès*, et maintes fois j'y dirigeais mon cheval, n'osant m'arrêter de crainte d'attirer l'attention et de laisser soupçonner mes secrètes convoitises par les petits chevriers railleurs qui, allongés dans les herbes, regardaient de leurs grands yeux noirs passer le nouveau roumi.

Chèvres, enfants nus, bourriques pelées, chameaux galeux, faces rébarbatives de Bédouins dévorés de misère, un vieillard aux yeux mangés, une horrible guenilleuse absorbée par la chasse de sa vermine, des chiens hargneux et maigres, suivant des poules d'un oeil goulu, c'est tout.

Et je rentrais déconfit au Bordj, furieux contre le Biskri.

Le drôle avait dû pourtant, depuis bientôt un mois, s'édifier sur mes bonnes moeurs et la régularité de ma conduite, car je ne sortais pas des limites de la smala.

Les *Chiebanas* se remuaient. On en avait aperçu une demi-douzaine sur la frontière, donner aux plis de leurs burnous des frémissements tragiques; je supposais que c'était la brise du Sud qui leur soufflait aux hanches, mais le cuisinier du capitaine, un vieux *chas-d'af* qui s'y connaissait, y voyait menaces de guerre; un feu avait été allumé pendant la nuit dans la direction de *Roum-el-Souk*, marché mixte, où les *Ouled-Dieb* échangent les sangsues de leurs marais contre le miel des *Beni-Amar*; enfin, tout récemment une vieille, passant à deux pas d'un gendarme maure attaché au bureau arabe de La Calle, avait marmotté d'un air malveillant des paroles qu'il lui fut impossible de saisir. Un tel état de choses ne pouvait durer, d'autant plus qu'aux portes mêmes de La Calle, un arabe aussi déguenillé qu'audacieux avait volé deux pastèques dans le jardin d'un honnête et pacifique cabaretier, et une débitante digne de foi affirmait l'avoir vu s'enfuir avec le produit de son larcin dans la direction du pays des Kroumirs.

Des odeurs de poudre flottaient donc dans l'air, et comme nous attendions d'un jour à l'autre l'ordre de monter à cheval pour punir tous ces outrages et protéger la frontière menacée, le capitaine refusait toute permission de se rendre à la ville. ———

Cependant, la plaine du Tarf, jusqu'ici déserte, commençait à s'animer et se couvrait de tâches brunes rangées en cercle. C'était les douars des *Ouled-Ali* qui, insouciants des bruits de guerre, descendaient pour la moisson. La nappe blonde des blés et des orges hautes s'échancrait rapidement de plaques jaunes. Les hommes armés de la faucille angulaire faisaient tomber et entassaient les gerbes, et deux fois par jour, avant et après la grande chaleur, les femmes suivaient en file les étroits sentiers de la rivière, les unes pliées en deux sous le poids de la peau de bouc, la *guerba* suintante, les autres droites, portant sur leur tête la *sebbal* aux concours étrusques.

A chaque pas, leur courte tunique de coton, serrée aux reins par un cordon de laine, se soulevait légèrement laissant, par de larges échancrures, les indications les plus précises aux amateurs du nu.

Ah! messeigneurs, quels défilés! Quelle succession de plats aux croustillants morceaux et de rogatons abominablement faisandés! Cuisses laiteuses et grasses comme celles des épouses fraîchement achetées d'un nouveau Padischa, jambes sèches et noires comme celles des ânesses du Haymour; hanches rappelant le souvenir des sept vaches maigres que vit jadis en songe le grand Pharaon, croupes égales à celles des limoniers normande; pis de chèvres battant lamentablement sur le ventre ridé le glas de la décrépitude, seins raidis où Phidias eût pu prendre le moule de sa coupe immortelle; tous les tons des chairs vivantes, depuis le blanc mat et le rose tendre, jusqu'au rouge foncé des vieux cuirs de Cordoue; toutes les gracilités harmonieuses de la jeunesse qui monte; toutes les lignes heurtées de la vieillesse misérable: des sorcières et des houris.

Bono la mouquera, cria près de moi, en *petit sabir*, une voix que je reconnus aussitôt et qui m'arracha brusquement à mes rêves extatiques, alors qu'ayant arrêté mon cheval près d'une touffe de cactus, je contemplais ces génésiques défilés, *mouquera bono besef*!

—Oui, Biskri, quand elle est jolie! répondis-je.

—*Mouquera arabia*, jolie *besef*.

—Pas toutes.

—Ah! tu dis vrai, homme, pas toutes, non pas toutes, car le maître des semailles humaines a été injuste dans la répartition de la moisson. Il eût dû les faire toutes belles, pour qu'il y eut plus d'heureux. Mais celle-ci? tourne un peu la tête; que penses-tu de celle-ci?

Il clignait son oeil satanique, agitant le pouce à la hauteur de son épaule, me faisant signe de regarder derrière lui.

«Ah! enfin!»

Elle était là! tout près, la fille radieuse! à demi cachée par la haie de cactus dont les fruits jaunes et les grasses feuilles vert-de-mer, hérissées d'épines rousses, encadraient singulièrement son frais visage d'enfant.

Il me sembla qu'un bâton tombait sur ma tête; c'était le contre-coup de la secousse de mon coeur.

Non, dans la vieille Constantine, aux bas quartiers de la porte Djebbiah, où l'on peut, à prix réduits, choisir parmi les échantillons variés des Vénus africaines; dans Alger la Blanche où de Tombouctou à Tuggurd et de Tunis à Tanger, les jolies filles mauresques, berbères, bédouines, sahariennes, juives, négresses, abondent sur le marché, pas une ne m'avait frappé d'un pareil émoi.

Vêtue d'une gandourah rayée, fixée aux épaules par deux boucles d'argent et que soulevaient ses seins dont les pointes dressées traçaient deux longs plis, comme les robustes poitrines des statues, bras et jambes nu, dorée, blanche, svelte, fière, elle me parut la personnification de la beauté arabe.

Dans ses grands yeux noirs «profonds comme des puits où tremble une étoile» dans ses lèvres épaisses aux contours finement sculptés et si vermeilles qu'elles semblaient peintes, dans ses longs cils et ses sourcils joints par le *koheul*, dans la ligne éclatante de ses dents, dans la gracilité enfantine de son visage et les harmonies féminines de son corps éclatait, douce fanfare, un poème de jeunesse et d'amour.

Et tandis que je la contemplais, je sentais la caresse de son regard de velours; un sourire indéfinissable effleura ses lèvres et... la vision s'évanouit.

Quoi! si vite disparue! Oh! encore, encore, je veux en rassasier ma vue.

Le vieux bouc souriait aussi, et son oeil, baigné de tendresse, s'arrêtait sur la place où la silhouette s'était effacée.

Foulant dans ma joie les règles de la civilité musulmane, qui interdit à tout homme d'en interroger un autre sur les femmes de sa famille, je dis:

—C'est ta fille! Est-ce ta fille?

Sa prunelle s'alluma d'un éclat farouche, et il me répondit avec colère, presque avec menace:

—C'est elle, homme.

Mais que m'importait? Par les interstices des tiges cannelées des figuiers de Barbarie, il me semblait distinguer les molles ondulations de la blanche tunique et des tons mats de la chair, et j'écarquillais les yeux pour mieux voir.

Et je la revis, toute inondée de soleil, se détacher sur le fond noir du gourbi ouvert; les anneaux d'argent de ses oreilles et de ses bras jetaient des poignées d'étincelles et le foulard de Tunis soie et or qui enveloppait sa tête flamboya. Puis elle s'enfonça dans l'ombre, me laissant comme vision dernière, un coin soulevé de sa robe.

«Un *douro!* cette fille! Prophète de Dieu! un *douro!*» Et je compris l'ardente folie des princes des contes de fées, étendant comme un tapis, leurs royaumes sous les pieds des bergères.

III

Vers le soir, j'eus avec le Biskri un court entretien, dont le résultat immédiat fut le passage d'un douro de ma poche dans la sienne.

Et quand la nuit fut bien noire, que tout dormait au bordj, qu'on n'entendait dans la plaine que les aboiements des chiens des douars et les jappements des chacals, je sortis enveloppé de mes burnous.

Au bas de la côte, une ombre grise se montra.

—Mon fils, avant de faire un pas de plus, dis-moi si le douro que tu as donné est pour ton serviteur.

—Certainement.

—Alors, ajoutes-en un second pour *Elle.*

—Je regrette de ne pas en avoir cent, je les lui donnerais.

—Ah! tu es un amateur, toi; tu sais apprécier la beauté de nos filles. C'est bien; Dieu ouvrira pour toi sa main et il en tombera des nuées de pucelles.

Il avait ouvert la sienne pour saisir la pièce, la frottait sur son front, la frappait sur la corne durcie de son ongle, puis, satisfait de l'examen, la noua dans un coin de son haïk.

—Deux mots encore. Tiens ta bouche close, évite tout bruit. Car les *Krammès*, mes voisins, pourraient t'entendre et les huées dont ils t'accableraient retomberaient en ignominie sur ma tête, comme une pluie de sauterelles dans les figuiers en fleurs. Sois muet. L'amour n'a besoin de paroles. Suis-moi.

A vrai dire, j'éprouvais une grande honte à suivre ce père me conduisant au stupre de sa fille. Une mère m'eût paru moins infâme, parce que peut-être ce genre de trafic n'est pas rare dans les malédictions des grandes villes; mais ce vieillard qui ne pouvait alléguer la misère pour excuse me semblait odieux.

J'y croyais à peine, maintenant, le marché conclu, et j'arrivais à la porte du gourbi que j'hésitais encore, tantôt craignant une mystification, tantôt révolté de l'ignominie dont je me sentais complice.

Une sorte d'étable ou plutôt de hutte s'embusquait derrière une épaisse haie de cactus, comme un voleur qui guette les passants.

A quelque distance, au milieu des touffes estompées en fusains dans le bleu sombre du ciel, je reconnus le gourbi familial, le *domus sanctum*, le *home*, la maison où reposent les petits et où l'étranger ne pénètre pas.

Je sus gré au Biskri de ce reste de pudeur. Il cachait son trafic aux siens. Tant mieux! Les comptes rendus des tribunaux nous apprennent de temps en temps que des mères françaises ont perdu cette suprême honte. La hutte était ouverte, noire, sinistre. Mon guide s'y engouffra.

—Tu es là?

—Depuis une heure, répondit une voix basse et craintive.

Alors, se tournant vers moi.

—Entre, mon fils. Réjouis-toi sans compter le temps. Les minutes de plaisir sont des perles que Dieu nous jette au milieu des cailloux de la vie. Ramasse-les.

Il dit, et sortit refermant la porte, comme si, pour la pudeur de sa fille, il ne trouvait pas la hutte assez obscure.

Courbé en deux, tâtonnant dans les ténèbres, j'avançais avec des battements de coeur. Une forte odeur de musc me monta au nez: une main me saisit, des bras où cliquetaient des anneaux m'enlacèrent et une bouche s'appuya sur mes lèvres...

Le lendemain, après déjeuner, j'arpentais gaillardement la lande épineuse qui moutonne le mamelon derrière le bordj d'*El-Tarf*.

Tout enfiévré de ma nuit sans sommeil, je repassais en ma mémoire les traits gracieux de l'odalisque, me récitant les vers d'un poète de *Bou-Saada*.

Ses cheveux caressent ses épaules
Comme deux lourdes tresses de soie;
Ses sourcils sont deux arcs d'ébène;
Sa prunelle un coin de nuit
Où scintille une étoile;
Sa lèvre, la grenade ouverte,
Où l'on mord quand on a soif.
Ses seins sont blancs comme la neige
Qui tombe dans le Djebel-Amour:

Ils ont la dureté du marbre,
L'élasticité de la *Metara* pleine
Et sont plus doux que le miel...

Et ainsi de suite, jusqu'aux ongles des pieds semblables aux jolies coquilles roses ramassées sur les bords du grand lac.

Cependant, pour rester dans le vrai, j'étais contraint de m'avouer que cette description devait s'arrêter au menton; car enfin, je n'avais aperçu que son visage et des contours presque aussitôt effacés. Mais ce peu entrevu me donnait droit à des espérances, et comme il arrive presque toujours, la réalité était bien inférieure à la vision et la possession ne valait pas le désir.

—Roumi! Eh! Roumi!

Je tournais la tête. Au pied d'un buisson de genêts, une femme accroupie allongeait ses jambes roussies et maigres où des varices offraient des arabesques variées aux baisers du soleil.

Couverte d'une loque de cotonnade bleue, crasseuse, hâlée, maigre, tatouée de coutures cervicales que ne parvenaient pas à cacher d'épaisses tresses de laine brune simulant les cheveux, elle accusait au moins quarante orageux automnes. Par les déchirures de sa loque s'étalaient, avec un dédain marqué des regards ou peut-être une intention perverse, de longue mamelles noirâtres, tandis que le tablier trop court de sa jupe en guenilles, ramena entre les jambes, laissait nues ses grandes cuisses roussies.

Un petit sachet de cuir, bourré de musc, attaché à son cou par une ficelle en poil de chameau, allait se perdre dans les profondes ravines du ventre.

—Roumi! Eh! Roumi!

Elle me souriait tendrement, m'encourageant du geste à prendre place à ses côtés.

Je la regardais avec dégoût, et sans répondre, je passais.

—Roumi! cria-t-elle pour la cinquième fois.

—Eh bien! quoi! que veux-tu?

—Ce que je veux? mais je t'attendais! Les *Krammès* de la smala m'ont informée que tu faisais souvent ta promenade matinale dans ces halliers solitaires. Les Roumis recherchent les filles des *chaouias*, et ici, derrière ces broussailles, l'on peut s'aimer sans crainte des indiscrets.

Je continuais mon chemin, haussant les épaules.

—Oh! ne t'en va pas. Arrête-toi donc. Ecoute. Le Prophète a dit: «Congédie honnêtement la femme dont tu ne veux plus; et songe, lorsque tu la quittes, qu'elle t'a donné des instants de plaisir.» Mais croyants et infidèles se valent en ces choses. L'ingratitude est la marque de leur front. Quand ils sont rassasiés, ils repoussent le plat et détournent la tête, disant: «Je n'ai plus faim.» Mais si tu es gorgé à l'heure présente, tu auras faim dans quelques jours. Car voici le temps ou le simoun enflamme les coeurs et allume les fureurs du ventre. Oui. Oui, tu auras soif et faim d'amour, et tu remercieras Allah de retrouver *Mabrouka la Kroumir*.

—Toi! fis-je avec un signe non équivoque d'horreur.

—Moi! moi! Étends-toi à mes côtés, je veux te parler encore. Je sais comme une femme dompte les amants rebelles, et il faut que mon coeur puisse dire à mes oreilles étonnées de ta dédaigneuse parole: «Vous mentez.» Ecoute bien, jeune Roumi. Aussi longtemps que les épis tomberont sous la faucille, qu'ils sècheront et qu'on les mettra en meule dans la plaine d'*El-Tarf*, je resterai avec les tentes des Ouled-Ali. A ton désir, tu me trouveras dans ces genévriers, matin et soir. Tu n'as qu'à m'indiquer le jour et l'heure, sans qu'il soit besoin de prendre le Biskri du bordj pour ton messager. Quand une pièce passe par plusieurs mains, elle s'use.

Alors, avec lenteur, elle dénoua un coin du haillon qui serrait sa tête, et me montrant dix sous:

—Regarde comme la pièce que tu as remise au Biskri est devenue mince!

—Comment, m'écriai-je frappé de stupeur, voyant se dresser tout à coup l'abominable réalité. Le Biskri! Explique-toi, femelle, que veux-tu dire?

—Que peut-être tu lui as jeté dans la main un beau gros douro, et voici ce qui est tombé dans la mienne.

—Deux! je lui en ai donné deux!

—Ah! le chien! gémit-elle d'une voix lamentable. Puisse sa femme, s'il en prend une nouvelle, le tromper chaque jour sur sa propre couche! Puisse sa fille, qu'il garde et qu'il veille comme un trésor volé, lui donner pour gendres tous les hommes des Ouled-Ali, et tous ceux des Beni-Amar, et tous les Chiebanas et tous les Kroumirs et se livrer ensuite aux fureurs des Roumis! Deux douros, dis-tu? Répète-le moi. Est-ce possible? Tu m'as payée deux douros! Ah! le maudit! qu'Eblis le Brûlé (le diable) le précipite une corde au cou dans l'Oued-Zitoun, comme un *slougui* galeux. Mais alors, il a enfoui dix-neuf jolies piécettes dans son capuchon, me jetant le reste comme un os rongé! Voleur! Et combien, combien d'autres! Car chaque fois que, pour la moisson, je descends dans la plaine, il m'attire dans son gourbi pour me vendre aux infâmes chrétiens! Allah! Allah! La grosse *Baya*, des Ouchtatas, qui vient parfois aux semailles, m'avait prévenue cependant. Elle aussi, depuis des années, se laisse exploiter par ce gueux!

Et ivre de fureur, l'oeil sanglant, la bave aux lèvres, grimaçante, horrible, elle étendit son bras séché, cerclé d'anneaux de cuivre, dans la direction des gourbis des *Krammès*, puis se dressant tout d'une pièce, marcha sur moi.

—Tu es donc bien riche, que tu payes deux douros une femme! Alors, tu t'es entendu avec le vieux scélérat pour me dépouiller, fils de chien! Roumi du diable! Donne-moi dix sous de plus, voleur!

Je la repoussais de toutes mes forces, protégeant mon visage contre ses grands ongles noirs, et je m'enfuis honteux et plein de colère, mais désormais fixé sur les amours de mes prédécesseurs avec la jolie *fille du Biskri!*

V

LES PUCELLES ET L'ÉTALON

I

C'était un noir étalon des *Ouled-Naïls*, la tribu fertile en juments de race et en filles de prix. Du lac de Saïda à Constantine, de Borj-bou-Arreridj à La Calle, chefs de tente et *maquignonnes* recherchent à l'envie ces enfants du pays des dattiers. Même richesse de poitrail, même élégance de formes, même abondance de crinière, et dans leurs yeux de gazelle, même éclat et même douceur. Aux mèches de leur front s'attache la joie du cavalier, soit que, monté sur la baveuse d'air, il raye la plaine au bruit sonore de l'étrier de fer, soit que couché sur le sein de la buveuse d'amour, il s'endorme au gai cliquetis des bracelets d'argent, agités par la main caressante.

Car il est écrit dans les légendes du Tell:

«Il n'est d'autres paradis sur la terre que le dos d'un noble cheval ou les lèvres d'une femme aimée.»

Et il est chanté par les poètes:

Le galop d'un coursier de guerre
Et le cliquetis des boucles d'oreilles
Vous ôtent les vers d'une tête.

Sa robe «tantôt miroitée comme l'aile du pigeon dans l'ombre ou bleue comme celle du corbeau au soleil» ne fut jamais ternie par les miasmes de l'écurie malsaine ni polluée par les grattages de l'étrille dont abusent, dans ce qu'ils appellent leurs pansages, les cavaliers roumis, ignorants, comme des fantassins kabyles, de l'hygiène du cheval; sain, robuste, sans tare, le fier étalon Merzoug ne connut d'autre toit pour ses nuits que les profondeurs étoilées du ciel.

Le caïd Salah ben Omar, à la tête de l'un de nos goums, l'avait enlevé dans une des razzias du Djebel-Sahari, alors que nos soldats ayant tué en nombre suffisant de bêtes et de gens, brûlèrent les ksours et coupèrent les dattiers pour enseigner la civilisation aux habitants des oasis. Le poulain avait un mois à peine, et pendant les longues marches quand il ne pouvait suivre, le caïd le hissait sur sa mule.

Aussi, il était de la famille. Il avait grandi, joué, gambadé avec les tout petits du douar, qui, huchés sur son garot, à poil et sans bride, le menaient après la fatigue s'abreuver et se baigner dans les cascades de l'Oued Mellegue.

Tous l'aimaient et le choyaient; il était l'orgueil de la tribu; les femmes du caïd lui donnaient l'orge, le sellaient et le bridaient, et le soir, au retour de la course, la plus jeune, de son haïk, lui essuyait la face.

Mais un matin, jour à jamais maudit, alors que l'aube blanchissait la plaine, il s'éleva un grand cri dans le douar:

—Merzoug? où est Merzoug?

Ce cri, les femmes les premières debout, le poussèrent, et des soixante-dix tentes des Beni-Rahan, des voix affolées répondirent:

—Merzoug est volé! Merzoug est volé!

Il avait été volé, en effet, pendant la nuit noire, volé au piquet même de la tente du caïd, où on l'attachait par une double entrave, volé au milieu du douar, des chiens, des gardes, et en dépit des scapulaires de cuir—*heurouse aâdjam*—talismans sacrés où sont écrits les mots et les formules magiques qui préservent les chevaux des coliques, de la gourme, du farcin, des seimes, de la fourbure et des larrons.

Vainement les gens des Beni-Rahan, intéressés à venger l'affront et à réparer le dommage, battirent la plaine, s'informant adroitement dans les douars des Nememchas, des Chaouias et même des Ouarghas, de l'autre côté de l'Oued; vainement des émissaires parcoururent les marchés de la Meskiana, d'Ain-Beida, d'El-Meridj et de Roum-el-Souk, criant dans les groupes:

«Salut aux gens du Salut! O musulmans, écoutez: A celui qui ramènera chez les Beni-Rahan l'étalon de monseigneur Salah ben Omar, caïd, viendra la miséricorde de Dieu, parce qu'il fera un acte louable, et il sera compté cent douros? Qu'on se le dise! Qu'on se le dise!»

Mais nul ne répondit. Malgré la prime plus que suffisante pour tenter la cupidité des voleurs de frontière et stimuler leur audace, personne ne put même découvrir le douar où l'on cachait le beau Merzoug.

En dépit de sa répugnance à mettre le bureau arabe dans ses affaires, le caïd dut s'y décider, mais on lui répondit brutalement:

—Garde mieux tes chevaux.

II

Cependant, une vieille des Nememchas déclara que, la nuit du vol, elle avait aperçu, au lever de l'aube, pendant qu'elle se préparait à moudre le grain du jour, un cavalier nu galoper sur un cheval noir dans la direction des tentes des Ouchtatas.

Les Ouchtatas, comme on le sait, d'après les récents événements qui ont rendu familières les cartes de la frontière tunisienne, ne descendaient pas, d'ordinaire, si loin dans la vallée de l'Oued-Melleguè. Mais c'était l'époque de l'impôt et ils fuyaient devant les hordes du bey, bandes affamées et misérables qui ne comptaient que sur les razzias annuelles pour se payer la solde de guerre, celle de paix étant réduite à zéro.

Une fraction de cette tribu s'était donc éparpillée dans les vallons du sud, poussant devant elle ses troupeaux, traînant ses chameaux et ses mulets chargés des bagages, des tentes et des grains, tandis que la soldatesque de la régence, attardée sur les derniers contreforts des fertiles montagnes des Kabyles de l'est, qu'on a depuis désignés sous le nom de Kroumirs, dévorait, comme une nuée de sauterelles, ce que les fuyards avaient dû forcément abandonner.

Ceux-ci campaient à deux ou trois portées de fusil de la rivière, et, des bastions du bordj d'El Meridj, nous apercevions les feux de leurs douars. Bien des fois, cachés dans les bouquets de lauriers roses, nous vîmes leurs filles et leurs femmes descendre la rive pour puiser de l'eau. Le plus souvent, des hommes armés de longs fusils les escortaient; mais, soit qu'ils fussent occupés ailleurs, ou qu'ils eussent à protéger leurs troupeaux contre les rapines des Ouled bou Ghanem, il arrivait deux fois sur cinq qu'elles venaient seules de notre côté.

Nous nous montrions alors, les appelant, leur envoyant des baisers. Les jeunes riaient, mais les vieilles, irritées, nous accablaient d'injures:

—O les chiens, fils de chiens! O les maudits! les chrétiens vils! allez vous faire circoncire avant d'oser regarder des femmes sans voiles, immondes roumis! L'heure de la justice sonnera! les corbeaux mangeront vos yeux et les chacals râcleront vos os!

C'est sur ces entrefaites que le caïd Salah passa près de nous escorté d'un seul cavalier. Éconduit par le bureau arabe de Tebessa, il venait raconter sa mésaventure au commandant du bordj.

—O les enfants du péché, nous dit-il d'un ton de bonne humeur, qu'avez-vous fait pour exciter la colère de ces chassieuses?

Et il mit pied à terre, s'assit au milieu de nous, accepta une cigarette tout en examinant de son oeil de vautour, les unes après les autres, les femmes des Ouchtatas. Il y en avait de fort jolies, jeunes et fraîches comme des matins de mai, vierges à peine nubiles, qu'avaient dorées, au plus douze ou quinze soleils.

Deux surtout nous charmaient, deux soeurs au même gracieux visage, aux suaves et harmonieux contours. Nous les montrâmes au caïd, tandis qu'elles nous regardaient de loin de leurs grands yeux timides et étonnés:

—Sur la tête de mon père, murmura Salah, le paradis a ouvert une de ses portes. Il en est sorti deux houris.

Il les examina longtemps en silence, et en connaisseur, puis, se tournant vers son *daïra* assis à quelques pas en arrière, tenant les brides des chevaux:

—Regarde, dit-il. Des lacs salés à la mer, as-tu vu plus belles pucelles?

—Mes yeux en sont éblouis, répondit l'autre.

—Regarde encore pour les reconnaître.

—L'image est dans le coeur, elle ne s'effacera pas.

—A cheval!

Nous accompagnâmes le caïd au bordj.

—Si ce sont les Ouchtatas qui ont volé ton étalon, lui dit le commandant, tu peux renoncer à jamais le voir. Quelle action avons-nous sur eux? Il ne nous est pas permis de passer la frontière.

—Que le diable me saisisse par les pieds, au moment de la charge, si je ne rentre dans mon bien. Je ferai tout, oui tout. Ne sais-tu pas que les gens des tribus voisines me bafouent. Ils disent: «Salah-ben-Omar se fait vieux et les hommes de son douar dorment comme des femmes après le plaisir. A deux pas de la natte où il repose, on lui a volé son cheval de guerre!» Ah! c'est le Seigneur des étalons et tu ne trouverais pas son égal dans les six escadrons de spahis. Que de fois, dans les grandes razzias du Souf, il a mangé quatre-vingts lieues en vingt-quatre heures, pendant des semaines et des mois, la selle au dos, ne broutant dans les courtes haltes que les feuilles de palmiers nains! Merzoug! Merzoug! c'est mon frère, c'est mon fils! mon compagnon des jours noirs! Et tu veux que je ne l'entende plus se secouer bruyamment quand j'ai mis pied à terre, faisant trembler l'acier des étriers, et le sabre, et le croissant d'argent de sa têtière rouge que la plus jeune de mes femmes a brodé pour lui! Et pendant que je suis là à te conter mes douleurs, un autre, assis sur son dos, le pollue!

—Que veux-tu que j'y fasse?

—Commandant, laisse-moi agir sans te mêler de rien, et, s'il plaît à Dieu, je prouverai qu'il y a d'aussi habiles voleurs chez les Ouled-Rahan que chez les Ouchtatas!

—Je n'en ai jamais douté, répondit en riant le commandant, mais qu'entends-tu par ces paroles: «Laisse-moi agir.»

—Il m'est venu en route une idée que je crois lumineuse. Autorise-moi à descendre avec quelques cavaliers dans la rivière à un jour de mon choix, et j'y trouverai mon cheval.

—Ton cheval! Le voleur est-il donc assez hardi pour le mener boire à l'Oued Mellegue! Je te donne liberté entière, mais pas de coups de fusil, surtout. Ne va pas me mettre sur les bras une affaire avec les tribus tunisiennes.

—Sur la tête du Prophète, je te jure qu'il n'y aura pas un grain de poudre de brûlé et que pas une lame ne sortira du fourreau. Qu'Allah m'abandonne entre deux cavaleries, s'il t'arrive à mon sujet aucune fâcheuse aventure!

III

Huit jours après, grande rumeur dans le douar du caïd Salah-Ben-Omar. Quelque chose d'extraordinaire, d'inusité, d'étrange, s'y passait.

Une trentaine d'hommes entouraient le *dardiaf* (tente des hôtes), parlant haut, gesticulant, se poussant, comme eussent fait des roumis ivres ayant perdu toute dignité et tout respect de soi.

On y voyait de très vieux et de très jeunes; des barbes blanches, des barbes grises, des barbes noires et des mentons à peine ombragés.

Et on entendait dans la dispute:

—A mon tour, maintenant.

—Par la face d'Allah, pourquoi te céderai-je ma place?

—Que le Puissant vide ta selle! je faisais parler la poudre que tu étais encore pendu aux mamelles de ta mère.

—Tu te condamnes. N'as-tu pas honte? Laisse le bien des jeunes. Tes épouses réclament leur droit. Ne les entends-tu pas crier et dire: «Il vole notre maigre part.»

—Tais-toi! Les épouses n'ont que faire ici, c'est le butin. Il est à tous.

—Arrière les mentons sans poils; place aux anciens!

—L'amour aux jeunes!

—Aux vieux d'abord! Ils ne peuvent attendre, leurs heures sont comptées.

—Caïd!

—Paix, enfants! le fruit est coupé. Qu'importe la deuxième ou la vingtième tranche, s'il y a une tranche pour chacun.

Mais ils n'écoutaient la voix respectée que pendant quelques minutes; une discussion nouvelle s'élevait bientôt et le tumulte recommençait.

De chaudes bouffées passaient dans l'air comme dégorgées de la bouche d'un four, et au milieu d'une molle langueur pesant sur les poitrines, couraient tout à coup des souffles de vie bestiale, un vent brutal qui faisait frissonner l'échine et poussait la chair vers la chair.

Et haletants, pressés, la lèvre humide, l'oeil ardent, ils assiégeaient la tente d'où venait un bruit de plaintes et de gémissements; de temps en temps un homme sortait aussitôt remplacé par un autre.

Quatre *deiras* en burnous bleu et armés de longues triques empêchaient les femmes d'approcher. Mais elles hurlaient de furieuses injures, couvrant de leurs clameurs aiguës et irritées les vociférations des hommes.

—Ah! les maudits! oh! les chiens, fils de chiens! On les reconnaît à l'oeuvre.

—Nous demanderons le divorce.

—Comment se fier à la justice du cadi?

—Le cadi est homme comme eux. Il les approuvera et nous donnera tort.

—Infâme! désormais ta couche sera faite à gauche et j'étendrai la mienne à droite avec une selle entre nous.

—Qu'au moment du plaisir, Eblis le lapidé (Satan) te morde à la nuque; que tu rencontres une épine sous ta virilité!

D'autres, adolescentes, disaient:

—Pauvres *toflas!* pourquoi les faire souffrir? ce ne sont pas des filles de roumis. Elles sont Arabes et adorent le vrai Dieu, comme nous.

—Allons! folles! est-ce qu'elles souffrent?

—N'entendez-vous pas leurs plaintes?

—La joie les fait crier!

Elles ricanaient, celles qui ripostaient ainsi; c'étaient les vieilles. Quand on a longtemps souffert, qu'on ne croit et qu'on n'espère plus rien, la pitié s'en va du coeur.

Et hideuses, osseuses, abominables, avec leurs grandes cuisses grêles et leurs longues mamelles aux pis noirs, desséchées par les bises, racornies comme de vieux cuirs, brûlées par soixante soleils, elles faisaient, frappant à petits coups leurs doigts sur la bouche, retentir les échos du Bou-Djaber du cri joyeux et saccadé des *fantasias* et des noces!

—A la nage, jeunes gens, à la nage! allez! sus! sus? Ramassez les biens du pauvre! *You! You! You! You! You! You!*

Et lorsqu'elles se taisaient pour reprendre haleine, des cris poignants répondaient du *dardiaf*.

Il était environ cinq heures. Le soleil couchant riait sur les bosselures de la plaine, lançant des flammes ici, allongeant des ombres là, teignant de pourpre les tentes à raies brunes et jaunes, dorant les haillons, les burnous roussâtres, illuminant la soie des haïks, glissant dans les robes bleues et blanches, faisant étinceler les anneaux, les boucles et les bracelets de cuivre, les manches des *flissas*, les canons des fusils, l'acier des étriers et les broderies des selles, jetant des poignées de rubis et d'or sur tous ces oripeaux de guerre et de gueux.

IV

Un officier de spahis suivant le chemin de Tebessa au bordj d'El-Merridj, à une demi-portée de fusil du douar, fut attiré par le tumulte.

Il interrogea le cavalier indigène lui servant à la fois d'ordonnance, d'interprète et de guide.

L'autre écouta, le cou tendu et la main abritant ses yeux, puis avec indifférence:

—Ce n'est rien, répondit-il, quelque femme qu'on viole.

L'officier était un jeune, tout frais émoulu de l'École Militaire.

Bien qu'étranger aux moeurs des Arabes et ne sachant pas un mot de leur langue, on l'avait nommé sous-lieutenant de spahis. C'est autant à l'ignorance de jeunes et vieux officiers qui n'entendent rien à l'Afrique, qu'à l'incapacité de hauts et bas fonctionnaires qui y entendent moins encore, que nous devrons, si l'on n'y porte remède, la ruine de l'Algérie.

Comme son interprète s'exprimait dans le baragoin cosmopolite appelé *Petit Sabir*, il crut avoir mal compris et répéta sa question.

—Une femme qu'on viole! répéta distinctement le spahis.

Puis, écoutant de nouveau, penché sur sa selle, prunelles brillantes et narines ouvertes.

—C'est une fille, ajouta l'Arabe, peut-être plusieurs... Ah! on s'amuse là-bas, conclut-il avec un soupir.

—Comment! on force des femmes en public et en plein jour dans ce pays! s'exclama l'officier indigné, en poussant son cheval dans la direction du douar.

—N'y va pas, mon lieutenant, cria le guide. C'est un douar des Beni-Rahan! Des sauvages! Ils n'aiment pas qu'on se mêle de leurs affaires.

Mais l'autre piquait des deux sans l'entendre.

Le spahis le suivit au galop, continuant à l'avertir:

—Ecoute-moi; sur ta tête et la mienne, écoute-moi. Tu n'as pas de barbe au menton. Un officier qui connaît les Arabes peut seul oser ce que tu fais. Que veux-tu leur dire? Tu ne parles pas notre langue. Ils ne te comprendront pas. Je traduirai tes paroles, mais la colère qui passe dans une autre bouche perd de sa force, surtout quand elle a été exprimée par un enfant, car, pardonne-moi, mon lieutenant, ils te prendront pour un enfant, et s'ils respectent le galon de ton képi et la soutache d'or de tes manches, ils ne respecteront pas ta personne.

L'officier n'écoutait pas; il était déjà sur les tentes. Une vingtaine de chiens fauves, s'élancèrent saluant les étrangers de leurs aboiements furieux. Les uns essayaient de mordre les jambes des chevaux; d'autres, plus féroces, sautaient jusqu'à l'étrier pour déchirer la botte.

—Holà! gens du douar! appelez vos chiens, canailles!

Les hommes regardaient, les femmes cessaient leurs cris, et dix ou douze bédouins s'avancèrent lentement au-devant de ces intrus, chassant les chiens de la voix et du geste.

—Que se passe-t-il? demanda impérieusement le sous-lieutenant, roulant les yeux et grossissant sa voix.

Ils toisèrent de la tête aux pieds cet arrogant imberbe, blanc et blond comme une jouvencelle des *Ouled-Aïdoun*[4].

[Note 4: Tribu de Kabylie.]

—Les routes sont à tout le monde, répondirent-ils. Quand nous t'avons aperçu, là-bas, chevauchant sur le chemin, nul d'entre nous n'a songé à sortir du douar pour aller te crier: «Où vas-tu?» Tu peux passer en paix, sans t'inquiéter de nos affaires. Marche! marche! Si tu désires atteindre le bordj avant la nuit, il faut presser ton cheval!

Mais lui, pâle de l'insolence de ces Bédouins et s'adressant à son interprète:

—Dis-leur que j'appartiens au bureau arabe et qu'ils me parlent avec plus de politesse.

—Nous respectons le bureau arabe, répliqua l'un des anciens, mais pourquoi appelle-t-il de France des enfants à la mamelle pour commander aux hommes? La barbe à la barbe! On n'a jamais entendu dire que les choses allaient bien quand les marmots ordonnent aux vieillards. Mets pied à terre, mon fils. Si tu as faim et soif, et si la fatigue enkylose tes genoux, suis-moi sous ma tente; mais si la curiosité seule te pousse, continue ton chemin. Moi, quelquefois, quand j'entre dans les villes des Francs, j'entends se quereller leurs femmes. Ou bien un *mercanti* dit à l'autre: «Voleur, fils de voleur», et l'autre répond: «Banqueroutier, fils de banqueroutier.» Souvent ils sont ivres et se battent entre eux. Je vais à mes affaires sans tourner la tête; les disputes des Roumis ne regardent pas les Arabes, pas plus que les disputes des Arabes ne regardent les Roumis. Si tu avais appris à épeler le Koran sublime, tu y aurais trouvé ces paroles. Va!...

Le jeune officier était brave et le désir de savoir le poussait. Malgré les représentations de son guide et l'attitude menaçante des gens du douar, il descendit de cheval, et avec la superbe témérité de l'inexpérience, s'ouvrit un passage dans cette foule hostile, en se servant du seul mot qu'il connût pour l'avoir entendu crier à chaque pas dans les rues de Constantine:

—*Balek! balek!* Place! place! Et il ajoutait:

—Bureau arabe! bureau arabe!

Il se parait à faux de ce nom, sachant la crainte qu'il inspire; et, en effet, tous s'écartaient devant lui.

Quelques-uns, cependant, à la vue de son blanc visage, faisaient le geste de lui barrer le chemin, et, l'oeil chargé d'éclairs, s'interrogeaient. Si l'un avait dit: «Frappe!» dix auraient ajouté: «Tue!» Et tous auraient frappé. On n'attendait qu'un signe. Le signe ne se fit pas.

Au contraire, le caïd, qui égrenait tranquillement son chapelet, assis sur le seuil de sa tente, se gardant de se montrer de peur de se compromettre, au cas où les choses eussent pris fâcheuse tournure, le caïd éleva la voix:

—Laissez, enfants, dit-il. Il racontera ce qu'il a vu. Qu'importe? Nous ne faisons pas de pli à nos coeurs pour cacher nos desseins et n'enveloppons pas de voiles nos actes. Ame pour âme, oeil pour oeil, nez pour nez, oreille pour oreille, dent pour dent. Le Bureau arabe m'a répondu: «Garde mieux tes chevaux.» Il répondra aux Ouchtatas, s'il est juste: «Gardez mieux vos filles.» Que chacun ait soin du sien.

Et un cheik, à barbe couleur poivre et sel, ajouta:

—L'Arabe, son frère, est le chien! Il est pauvre; il trouve ce qu'il peut et ramasse ce qu'il trouve. Parfois, ce sont de mauvais morceaux, des os déjà rongés; il les ronge de nouveau sans se plaindre. Il arrive aujourd'hui qu'ils sont succulents et garnis de chair, il s'en repaît sans crier victoire... Laisse-nous!

—Du diable si j'entends un mot de ce que tu me chantes, répliqua le sous-lieutenant. Allons, place!

On le laissa approcher, et même un jeune homme, près de la tente, en souleva avec complaisance un coin... lui dévoilant une ineffaçable scène.

V

D'abord, dans la pénombre, il ne distingua que des formes vagues. Mais bientôt se déroula le drame.

A terre, sur la natte de palmier de la tente, un coussin de laine sous les reins, une toute jeune fille, nue comme Eve, était étendue.

Sa bouche entr'ouverte laissait apercevoir la ligne éclatante des dents, ses noirs cheveux s'éparpillaient en désordre, comme si des mains crispées avaient secoué sa tête, et ses grands yeux éteints se noyaient dans le vide.

L'officier la crut morte, tant son corps semblait rigide, mais il découvrit bientôt que ses seins, pareils à celui où fut montée la coupe antique, se levaient et s'abaissaient avec des mouvements saccadés, tandis que l'une des jambes nerveusement tendue s'agitait par un tremblement rapide et convulsif.

Pâle, le coeur serré, oppressé comme sous le cauchemar, il ne pouvait détacher ses regards de cette enfant à peine nubile, hésitant à comprendre qu'elle était déchirée par les ruts furieux de ces fauves. La stupéfaction, la pitié, la colère grondaient en lui, quand soudain éclatèrent de lamentables sanglots:

—*Baba! ia baba! ia Sidi!* (Père, ô mon père, ô mon seigneur!)

Il aperçut alors un peu plus loin; acculée contre une selle, une seconde fillette plus frêle, plus gracile encore. Nue comme l'autre, souillée et déchirée comme l'autre, l'oeil hagard et chargé d'épouvante, elle attendait... Et dans son effarement, elle jetait par intervalles ce cri de détresse, cet appel désespéré à la protection paternelle:

—*Baba! ia baba! Sidi!*

Et elle pleurait toutes ses larmes d'enfant.

—Allons! dit une voix, choisis, prends ta part, si tu veux, celle du Bureau Arabe: tu y as droit.

—Laissez ces jeunes filles, cria l'officier ivre de fureur, laissez ces jeunes filles! lâches que vous êtes, assassins! brigands!

Et il tira son sabre.

La lame jeta un éclair; mais au même instant, il fut entouré, saisi, désarmé, poussé, porté, remis en selle. Alors, respectueusement, un des anciens lui rendit son arme, répétant ce qu'on lui avait dit déjà:

—Pars; les chemins sont à tout le monde, mais les douars des Beni-Rahan appartiennent aux Beni-Rahan.

—Ce sont des repaires de scélérats! hurla le jeune homme. Des bandits qui violent des enfants, c'est justice de les anéantir par le fer et le feu. A mort! à mort!

La voix du caïd s'éleva dans la foule:

—Tu es jeune, dit-il, et tu ignores; mais il est des hommes de ma tribu dont la barbe n'est pas encore grise, qui ont vu les filles de leur mère servir de jouet aux soldats de ton pays. Le caïd Salah-ben-Omar, tout enfant, se souvient de ses sœurs, à peine plus âgées que lui, que les *grandes capotes bleues* éventrèrent après s'en être repues. Et si lui-même a échappé aux coups de baïonnette, c'est qu'il était si petit qu'on ne le trouva pas dans le fourré où il se blottissait. Il ne récrimine pas, la guerre est la guerre; mais va, va, quand les Bédouins saignent les autres, c'est que souvent on les a saignés. De quoi te plains-tu donc, quand on ne saigne pas les tiens?

VI

L'heure de la prière venait de s'écouler, les hommes des Beni-Rahan prosternés du côté de l'Orient, pendant que le disque radieux glissait derrière les hautes crêtes du Bou-Djaber se relevaient lentement et rentraient dans leurs maisons de poil. Çà et là des voix aigres grondaient furieusement, et par moments on entendait des accents impérieux ou graves: «Paix, femmes, paix!» Sous quelques tentes, on pleurait.

Puis, peu à peu, tomba le silence.

Des ombres grises glissèrent vers la tente du caïd; l'on y parlait à voix basse, tandis que, non loin de là, près du Dar-Diaf, des hommes étendaient symétriquement de grandes branches de lauriers, qu'ils taillaient et égalisaient à coups de serpette.

L'ombre s'étendit comme un crêpe; à tous les points de l'horizon brillèrent des feux, et bientôt sortirent des ténèbres les sinistres jappements des chacals, et, de tous les douars semés dans les profondeurs de la plaine, les aboiements des chiens répondirent.

Tout à coup, un frémissement courut le long de la corde où les juments des Beni-Rahan étaient entravées.

Elles levèrent brusquement la tête, humant les souffles qui passaient, et inquiètes, agitées comme sous les claquements du fouet, piétinant et flairant le sol, elles déchirèrent la nuit des saccades de leurs hennissements. En un instant, le douar fut debout.

—C'est lui! c'est lui! dit-on.

Et s'avançant, jusqu'au dehors de la ligne circulaire des tentes, faisant taire à coups de pierres et de bâton, les chiens, des hommes fouillèrent l'espace noir, écoutant. Quelques-uns s'allongèrent sur la terre, y appuyant leur oreille.

—Par la tête du Prophète, c'est lui! Est-ce le bien, est-ce le mal qu'il apporte sur sa croupe?

Un hennissement lointain répondit joyeusement aux appels des juments du douar, et bientôt le puissant galop d'un *buveur d'air* martela le sol.

Des jeunes gens se précipitèrent à la tête des chevaux qui brisaient leurs entraves, et le douar entier cria:

—Merzoug! Merzoug!

Alors, dans la nuit, surgit l'étalon.

Hommes, femmes, enfants le saluèrent à grands cris, et pendant plusieurs minutes les échos du Bou-Djaber répercutèrent ce nom.

—Merzoug! Merzoug!

Un cavalier à barbe blanche le montait à poil. A quelques pas des tentes, il se laissa glisser à terre et, tenant le coursier par un bridon en corde, il cria quand eurent cessé les clameurs:

—Salut à tous! Hommes des Beni-Rahan, voici le cheval du caïd Si-Salah-ben-Omar.

—Voleur, répliquèrent-ils, sois le bienvenu, quoique tu aies infligé un affront immérité sur nos têtes. Ceux des Chaouias et des Nememchas rient encore de nous. Ils disent: «Ces gens des Beni-Rahan se sont laissé prendre devant leur barbe le maître des chevaux de guerre; et celui qui a sauvé son cavalier dans la mêlée, son cavalier n'a pu le sauver des larrons.» Sheik, tu es un homme habile; salut!

—Ne m'accusez pas, répondit le vieillard, si je suis coupable je consens à ce que vous me coupiez les mains, ainsi qu'il est prescrit, comme rétribution de l'oeuvre de mes mains. Mais elles sont blanches du vol. Pour l'avoir tenté et accompli, il faut l'adresse et l'audace des jeunes, et la couleur de ma barbe doit vous prouver que je n'en suis pas capable, sans qu'il me soit besoin de le jurer sur le tombeau du Prophète. Et cependant je paye pour les disputes d'autrui. Pour racheter le cheval, j'ai donné cent *douros*, ma fortune, j'ai vendu à des juifs avides les anneaux de mes femmes et jusqu'à leurs *khelalas* d'argent[5]. J'ai prié et supplié longtemps, et l'on m'a menacé des chiens. Le voleur est un des Ouled-bou-Ghanem.

[Note 5: Khelalas, boucles qui servent à retenir la robe des femmes aux épaules.]

—Nomme-le.

—Je ne le nommerai pas. Le silence sur son nom fait partie du prix de la rançon.

Et il est écrit: Ne vous servez point de vos serments comme d'un moyen de fraude.

Et maintenant, Beni-Rahan, rendez-moi mes filles.

Sa voix tremblait.

Alors le caïd Salah-ben-Omar, qui venait d'examiner soigneusement son cheval à la lueur d'un feu de branches sèches et ne lui avait découvert ni blessure, ni tare, le coeur partagé entre la joie et la tristesse, s'avança vers le sheik.

—Tu as bien tardé, homme. Depuis un mois je patiente, depuis un mois je dis à chaque coucher de soleil: «Demain!» L'autre jour, lassé de ma longue patience, j'ai averti les femmes des Ouchtatas en cueillant, comme des nénuphars, tes filles à la rivière: «Je donne à leur père trois fois vingt-quatre heures, ai-je dit; après quoi, il n'aura plus à s'inquiéter de leur chercher un époux!» Puis, j'ai réfléchi et j'ai accordé le quatrième jour, à l'aube, malgré mes jeunes hommes impatients. Il faut être miséricordieux. Et j'ai attendu encore un jour, et nous sommes au sixième, et depuis trois heures le soleil a disparu là-bas, derrière la cime du Bou-Djaber. A force de scier, le sabre a touché l'os.

—Que veux-tu dire? s'écria le vieillard, tandis que deux grosses larmes glissaient dans les plis profonds de ses joues. Où sont mes filles? Comment ne viennent-elles pas à ma rencontre? Pourquoi ne vois-je pas, éclairant la nuit, leur doux visage blanc? Par le maître de l'heure, caïd, réponds!

—Depuis six jours elles t'appellent et les voici lasses. De l'aube au crépuscule et du crépuscule à l'aube, elles n'ont cessé de répéter: «Père! Père! Mon Seigneur!» et tu n'es pas venu. Tu es resté sourd comme un vieux juge devant l'affliction des jeunes. Mais on va te les rendre. Les femmes du douar les parent, et les font belles pour toi. Viens, sheik, tu es notre hôte, veux-tu te reposer en attendant sous ma tente.

—Me les rendra-t-on intactes? demanda le vieux, intactes comme à l'heure maudite où on me les a volées.

—Qui peut jamais jurer qu'une fille est intacte. O barbon! la plus ingénue jouvencelle trompe sur cette matière le cadi le plus scélérat. Nous sommes dupés tous, mon père; mais que ma tête soit maudite si celles que je t'ai prises pucelles se plaignent jamais de violences ou de mauvais traitements. Viens.

On plaça devant lui un plat de couscous de froment garni de quartiers d'oeufs durs et de blancs de volaille, puis des dattes et du lait, mais il ne toucha aux mets que du bout des doigts et du bout des lèvres, et seulement pour ne pas offenser celui qui le traitait.

Dévoré d'inquiétude, prêtant l'oreille aux moindres bruits, il murmurait pendant que le caïd, assis près de lui, et le servant lui-même, le pressait de manger, il murmurait:

—Yamina! Meryem!

Enfin, n'y tenant plus, il se leva.

—Pardonne à mon impatience, caïd Salah, mais j'ai hâte de revoir les bien-aimées de ma vieillesse. Quand elles sont venues au monde, je me suis réjoui malgré l'usage. Mes amis étonnés me disaient: «Quoi! tu fêtes la naissance de filles!» Et je leur répondais: «Oui, car le rayon de leurs yeux jettera de la poussière d'or sur le deuil de mes ans.» Et ils s'en allaient riant et répétant: «*Adda maboub*. Cet homme est fou. Mais eux seuls étaient fous, car depuis plus de douze ans elles ont été le soleil de mes heures. Debout, caïd! Il est tard et les chemins sont hérissés de dangers quand on voyage à la lueur sidérale avec deux *toflas* (fillettes) que les gens de nos douars ont surnommées les Roses.

Un doux sourire éclaira sa vieille face bronzée et ses yeux se mouillèrent. *Les Roses!*—Il répéta le mot avec orgueil, avec sa vanité innocente de père.—Les Roses! Oh! le nom plein de parfums! Il le redit encore, fier et heureux que l'on sût, aux Beni-Rahan, de ce côté-ci de la rivière, que ses filles, fleurs de sa vieillesse, s'appelaient ainsi.

—Sois sans crainte, répliqua le caïd, nul ne tentera de te les enlever. Je te prêterai une bonne mule et deux de mes *deïras* t'escorteront jusqu'à l'*Oued Mellegue.*

Puis se tournant vers le *dar-diaf,* il demanda à haute voix:

—Enfants, êtes-vous prêts?

—Nous attendons tes ordres, monseigneur!

VII

Et les deux cavaliers s'avancèrent, sortant de l'ombre, éclairés peu à peu par le feu d'un brasier qu'une vieille attisait. Enveloppés et encapuchonnés dans leurs grands burnous sombres, la barbe pointue, sabre sous la cuisse, pistolet au côté et fusil en bandoulière, on eût dit de ces moines-bandits de la Ligue allant accomplir quelque ténébreuse équipée.

Chacun portait couché en travers, sur le devant de la selle, un objet de sinistre aspect, long rouleau, empaqueté en des branches de lauriers liées à chaque extrémité par des cordes de poils de chameau.

Le milieu plus gonflé faisait s'écarter les branches, et dans les entrebâillements, on distinguait sous le frêle tissu d'un haïk des blancheurs de chairs.

A cette vue tous se turent; les hommes, debout et farouches, regardaient; les femmes rentraient, se cachant le visage, et sous quelques tentes des lamentations étouffées s'élevèrent.

Et le père, muet d'horreur, regardait, lui aussi, s'avancer les *deïras.* Sa bouche s'ouvrit, mais la langue resta clouée au palais et sa prunelle dilatée et sans rayon, comme s'il se refusait à comprendre.

Enfin, jetant ses mains crispées sur sa face, il arracha des touffes de sa barbe blanche, puis courut palper tout tremblant, dans les écartements des branches les corps rigides de ses bien-aimées.

—Yamina! clamait-il, Yamina et ma douce Meryem!

Et il allait de l'une à l'autre, pris de folie. Puis, soudain, poussant un cri terrible et tournant sur lui-même, il tomba la face contre terre.

—Qu'on l'emporte, ordonna froidement le caïd. Ce qui est écrit est écrit. Les uns agissent d'une façon, les autres d'une autre. Dieu seul connaît la vraie voie. La malédiction était sur leurs têtes. Nous ne sommes que de la poterie, et le potier fait de nous ce qui lui plaît. Qui sait ce que nous réserve le destin. Ecoutez, hommes! Vous traverserez le gué et le déposerez de l'autre côté de la rivière entre les corps de ses filles, et demain les Ouchtatas, les Ouarghas, les

Bon-Ghanem et tous les Chaouias de la plaine iront se répéter de douars en douars et de marchés en marchés, qu'il n'y a rien de bon à gagner en volant les chevaux des Beni-Rahan.

VI

LA NOCE DE LA PETITE ZAIRAH

I

Depuis six mois, chaque vendredi, je la voyais arriver, trottinant derrière la mule de son père, parfois seule, mais le plus souvent une vieille à ses côtés. Elle était toute petite—douze ans à peine—mais si frêle et si mignonne qu'elle en paraissait deux de moins. Enfant de la vieillesse de Baba Aaroun, sa mère à quatorze ans était morte en couches; aussi le vieillard la chérissait bien qu'elle ne fût qu'une fille, et lorsqu'elle sentait plier ses jambes ou que ses pieds se meurtrissaient aux pierres du chemin, il la prenait devant lui sur le *berda* de sa mule, comme il eût fait d'un fils. Mais il la déposait doucement à terre avant d'entrer à Djigelly.

C'est alors que nous la voyions passer, insoucieuse et gaie fillette, devant le bordj des spahis.

Mais bientôt, comme les soeurs dont parle le Lévitique, elle grandit tout à coup. Sa taille se forma, ses flancs se dessinèrent; d'harmonieux et doux globes soulevèrent sa *gandoura* de coton; le bouton se faisait fleur. Et timide et rougissante devint la fillette, et en même temps si jolie que, pendant des semaines, Arabes et Berbères venaient s'asseoir devant la porte au coin du bastion, à l'heure où le marché s'ouvre pour voir passer cette merveille des *Ouled-Aïdoun.*

Et ils allaient rôder autour de l'étalage de Baba Aaroun, lui achetant des pastèques et des figues pour admirer de près la blonde Kabyle qui reflétait dans ses grands yeux étonnés toutes les nuances de la mer et du ciel.

Il savait bien ce qu'il faisait, le vieux Aaroun; il savait qu'accompagné de sa fille, la double charge des fruits de son jardin disparaissait comme si un *djin* bienveillant l'eût touché de son pouce mettant à leur place des poignées de *sordis*, car il avait pour clients tous les spahis, tous les *turkos*, et les *mokalis* et tous les jeunes Maures de la ville.

Ses voisins riaient de lui, mais que lui importait; il savait aussi que, sous son oeil, la pucelle resterait intacte bien plus sûrement que s'il la laissait au gourbi, confiée à la surveillance distraite de ses belles-mères ou de ses grandes soeurs.

Autant que les vieillards des villes sont avides du fruit vert, les jouvenceaux de la montagne sont habiles à saisir la proie guettée.

Et tous la convoitaient, tandis qu'elle, embarrassée et honteuse, et comprenant déjà, se sentant brûlée par ces flammes ardées sur elle, cachait en rougissant son visage derrière un coin de son haïk.

Entre tous ces admirateurs, se rencontrait le chaouch Ali-ben-Saïd. ——

Malgré quarante ans sonnés au cadran de sa vie, il passait pour un des beaux cavaliers de la ville et un des plus rudes champions près des femmes, ce qui, joint à une conformité toute spéciale, l'avait fait surnommer *Bou-Zeb*, nom difficile à traduire en français.

Bref, il possédait les qualités qu'au temps du prophète Ezéchiel, Oolla et Oolibella, soeurs bibliques et vierges folles, exigeaient de leurs amants.

Coquet et beau parleur, il se distinguait par le luxe de son turban brodé de soie jaune, son gilet chamarré d'or et l'éclatante blancheur de son burnous; aussi Mauresques et Kabyles lui clignaient de l'oeil, et les femmes des *Mercantis* même, avouaient que pour un indigène, il n'était pas trop mal tourné, c'est-à-dire qu'elles le trouvaient charmant.

Il parlait, du reste, le français avec facilité, buvait de l'absinthe et du vin, et généralement tout ce qu'on voulait bien lui offrir, portait des chaussettes, se mouchait dans un foulard, fuyait la vermine et s'abstenait du *rhamadan*.

Il avait quelque argent et aurait pu vivre sans rien faire en ce pays où un douro quotidien constitue un large patrimoine; mais désireux de briller en ce monde et sachant que les femmes n'aiment rien tant que les glorieux, il s'était mis au service du Bureau arabe et portait avec orgueil, aux jours de solennité, le burnous bleu de *chaouch*.

Cela lui procurait le plaisir de s'entendre appeler *Sidi* (monseigneur) par ses coreligionnaires, et lui donnait le droit de les traiter de *cocus* et de pouilleux sans qu'ils osassent riposter.

Les Bédouins, qu'en sa qualité de Koulougli (fils de Turc), il méprisait profondément, lui rendaient *in petto* son mépris, et disaient en le voyant: «Fils d'Eblis le lapidé,» ou autrement «mauvais sujet,» ce dont il se souciait comme de la peau d'un juif, sachant bien que cette qualification ne déplaît jamais aux filles de Fathma pas plus qu'aux filles d'Eve.

Que ce sacripant devint féru d'amour pour la petite Zaïrah, rien d'extraordinaire, mais ce qui le parut tout à fait c'est que la petite Zaïrah sourit un jour, du haut de sa mule, à ce barbon de quarante ans.

Est-ce le burnous bleu du chaouch qui la séduisit? ou les vêtements soutachés du Maure? ou la réputation du surnommé *Bou-Zeb* était-elle arrivée au fond de son village kabyle? Le soir, derrière les cactiers du gourbi ou sous les guirlandes de vigne vierge, s'entretenait-elle avec ses petites camarades des exploits de ce dompteur?

Mais qui connaîtra jamais les secrètes pensées qui s'agitent dans la tête d'une vierge; les mystérieux désirs de son coeur troublé?

Ou bien, n'est-ce pas plutôt le vieux Aaroun qui, fatigué de garder une virginité gênante, ordonna à sa fille de sourire au reître qu'il savait pouvoir la payer le bon prix.

Quoi qu'il en fut, à partir de ce jour, la fillette aux yeux bleus ne reparut plus au *Souk-el-Kemmis* (marché du vendredi) et le bruit courut dans la ville qu'Ali-ben-Saïd avait député sa vieille mère aux *Ouled-Aïdoun* pour marchander la pucelle au père qui en voulait 200 douros. ——

L'*azoudja*[6], en effet, partie un matin au douar des Ouled-Aidoun, en était revenue le soir la bouche débordant de paroles enthousiastes.

[Note 6: Vieille.]

«Oh! la reine des roses! oh! la fleur de houri! oh! le bouton d'enchantement!»

Non jamais, depuis cinquante ans qu'elle assistait à l'éclosion des vierges, et dans la ville et dans la montagne, et dans les *dacheras* de la plaine, ses yeux n'avaient été aussi réjouis!

Car le Baba Aaroun, désireux de gagner un gendre si influent, un chaouch qui possédait l'oreille du chef du bureau arabe, et qui pourrait à un moment donné envelopper et réchauffer sa vieillesse du burnous écarlate de sheik, avait, en père habile, étalé son enfant sans voiles à la vieille éblouie.

Et pendant plus d'une heure, sans se lasser et avec une ardeur juvénile, elle détailla, complaisante, minutieuse et prolixe, les charmes de la jeune beauté, sans en omettre un seul, à son fils qui l'écoutait bouche béante, l'oeil en feu et la salive aux lèvres.

Aussi, l'affaire fut vite conclue, la *sadouka*[7] versée au père, et fixé le jour de la noce.

[Note 7: Somme que le futur paye pour l'achat de sa femme.]

II

Sur les longs versants des montagnes kabyles, entre Milah et Djidjelly, dans les villages des *Ouled-Aïdoun*, on parle encore de la noce de la petite Zaïrah.

Car le bureau arabe du cercle, pour faire honneur à son premier chaouch, assista en corps à la fête; pendant trois jours la poudre parla au-dessus des ravins verdoyants et abrupts, dans les gorges plantées d'oliviers et sur la plage aux genêts épineux.

Et il y eut grande fantasia et grand déploiement de ce qui réjouit le plus la vue du montagnard comme de l'homme de la plaine, les longues tresses des femmes et les longs *djelals*[8] des chevaux.

[Note 8: Housses de soie brodées d'or que les cavaliers riches mettent sur la croupe de leur chevaux aux jours de fête.]

Et aussi ce qui fait la joie du ventre: moutons rôtis et plats de couscous.

Pendant trois jours on vit la jeune mariée pâle et blanche sous ses haïks; ses grands yeux brillants et humides éclairaient son visage, et toute parfumée d'essence de rose et de musc, toute parée de cuivreries et de bijoux d'argent, elle excita bien des convoitises.

Jeunes et vieux disaient: «O merveilleux réceptacle d'amour!» tandis que les femmes, matrones et filles, la jalousaient de s'asseoir seule, épouse et maîtresse, au foyer conjugal.

Et l'on se racontait les exploits du maître de cette délicate beauté.

Oh! l'heureux coquin! il soulevait des nuages d'envie comme un étalon du Haymour soulève la poussière sous son galop furieux. N'était-ce donc pas assez d'avoir pendant plus de vingt ans trompé les maris et dupé les filles! Fallait-il encore que, devenu grison, sa barbe poivre et sel se frottât aux joues rosées d'une vierge de douze ans!

Bou Zeb! Bou Zeb! Et tous riaient à ce nom, mais les matrons hochaient la tête plaignant tout bas l'enfant sacrifié à l'avarice du vieil Aaroun.

———

A cheval, Ali-ben-Saïd vint le soir prendre son épouse. Deux parents à droite et à gauche tenaient les rênes de sa bride, et les invités, munis chacun d'une lanterne, suivaient le cortège.

En tête s'avançait la musique précédée d'un Kabyle chargé d'un candélabre couvert de bougies allumées et de fleurs.

A la porte du gourbi, ils s'arrêtèrent, laissant le chaouch entrer; Baba Aaroun lui présenta sa fille qui enleva officiellement son voile devant l'homme que son père avait choisi.

Alors l'époux ébloui s'écria comme jadis le Prophète devant la belle Baïrah étalée demi-nue sous ses yeux:

«Louange à Dieu, maître des coeurs!» Et l'ayant baisée sur la bouche, il l'enveloppa du *moulaïa*, la mit en selle sur une mule blanche, et marchant derrière, le sabre levé au-dessus de la tête de son épouse en signe de ses droits, il la conduisit, escorté des parents et des amis, au domicile conjugal. Deux vieilles refermèrent sur eux la porte tandis que dans la rue, stationnait la foule attendant les preuves de la virginité. ———

On s'assit en face, le long des maisons, et des *caouadgis* apportèrent des tasses; mais tandis qu'on humait le café brûlant, de grandes plaintes sortirent du fond de la maison. D'abord étouffées et sourdes, elles devinrent stridentes et lamentables et glacèrent sur les lèvres les rires et les gais propos qui couraient de groupes en groupes.

Elles durèrent longtemps, si longtemps que ceux de la noce se lassèrent et protestèrent de la rue.

—Chaouch, cria-t-on, ménage-la. La grenade n'est pas assez mûre.

Et des femmes indignées protestèrent à leur tour:

—Ali-ben-Saïd, aie pitié. Souviens-toi que tu as trente étés de plus qu'elle; qu'elle est faible et que tu es fort, et que l'agnelle ne peut supporter le choc du bouc.

Et d'autres plus irritées élevèrent leurs voix vers l'épouse:

—Zaïrah-bent-Aaroun? Zaïrah-bent-Aaroun! il faut demander le divorce! il faut demander le divorce!

Et comme les plaintes continuaient, elles menaçaient d'aller chercher le Cadi.

Mais, tout à coup, les cris cessèrent. Il se fit un grand silence: la petite fenêtre s'ouvrit, et les deux vieilles échevelées et pâles agitèrent un linge déployé.

Alors, les hommes en bas, ayant levé leur lanterne et voyant la toile sanglante, applaudirent l'heureux époux, et clamèrent: *Bou Zeb! Bou Zeb!*

Le lendemain, ni les jours suivants, on ne revit le chaouch. Il se reposait sans doute près de la maîtresse de son coeur; mais le cinquième jour, la ruelle, de nouveau, s'emplit de monde; les gens de la noce revenaient.

Et l'on vit sortir le marié tout pâle, puis deux hommes qui portaient sur leurs épaules un brancard sur lequel était étendue roulée dans un haïk une petite forme grêle.

Et chantant les versets du Livre: «En quelque lieu que vous soyez, la mort sait vous atteindre» tous suivirent au cimetière le corps de la petite Zaïrah.

Et lorsqu'on eut déposé l'enfant, enveloppée du drap vert, dans la fosse maçonnée et que tout fut comblé, les femmes de la tribu crachèrent en passant sur le vieux Baba-Aaroun qui, l'oeil sec et la tête égarée, demeurait accroupi près du petit monticule de terre.

VII

L'HÔTE

I

Le lieutenant F... partit de grand matin de Djidjelly et suivant la côte jusqu'à l'oued *Djin-djin* s'engagea dans la montagne. Il devait faire la grande halte au bord de *Châanah*, coucher à celui de *Fedj-el-Arba*, puis chez le caïd de Milah et arriver le surlendemain à Constantine. Deux spahis indigènes et un muletier chargé de ses bagages l'accompagnaient.

Aux premiers contreforts du *Djebel*, des pâtres, huchés sur des quartiers de roc, les hélèrent:

—Holà! hommes! Où allez-vous?

—Nous allons à Constantine, répliquèrent les spahis.

—Vous ne passerez pas Châanah, les *Ouled-Ascars* ont, cette nuit, fait parler la poudre et tué deux *mokalis*[9].

[Note 9: Cavaliers indigènes attachés au service des Bureaux arabes.]

Le lieutenant haussa les épaules; l'avant veille encore, des officiers du bureau Arabe de Djidjelly avaient chassé dans ce pâté de montagnes et n'avaient remarqué aucun signe d'agitation; il roula une cigarette avec l'insouciance de ses vingt-cinq ans et continua son chemin.

Il arriva sans encombre à Châanah, s'y reposa deux heures, mais au moment où il quittait le bordj, il rencontra le vieux sheik Ahmed qui venait sur sa mule tout exprès pour lui dire:

—Ne va pas plus loin.

—J'ai des dépêches, répondit simplement le jeune homme, et j'ai l'ordre de me présenter après demain au bureau de la division. Et il se remit en route, tandis que le chef Kabyle lui criait:

—*Tu marches à ta mort.*

Le soleil baissait sur l'horizon lorsque les cavaliers gravirent le sentier escarpé de Fedj-el-Arba. Tout était désert et silencieux, et la porte du bordj close. Une boule jaunâtre pendait accrochée à l'un des battants.

L'officier crut d'abord voir quelque vautour comme ont coutume d'en clouer les chasseurs, mais les spahis aux yeux plus exercés à fouiller les lointains ne s'y trompèrent pas.

—Qu'Allah vide ma selle; s'exclama l'un d'eux; le sheik Ahmed a dit vrai, les chiens ont commencé leur besogne!

Et à mesure que F... avançait, il distinguait plus nettement le trophée des Kabyles: le crâne rasé, la face convulsionnée du décapité, son oeil glauque, sa bouche tordue montrant ses larges dents blanches, et la barbe courte et noire engluée de sang.

La petite mèche de cheveux bien tressée par laquelle l'ange doit saisir l'élu pour le porter aux pieds de l'Éternel, servait à suspendre la tête.

—O mes fils, cria l'autre spahis, nous voici arrivés au moment où la tête ne tient plus sur les épaules. Je sens déjà branler la mienne et le sabre fouiller entre la chair et l'os. Les maudits ont porté la main sur un cavalier du *Beylik!* Respecteront-ils des spahis de Constantine?

Tout à côté, dans le fossé, près du bastion, étaient couchés deux corps enveloppés du burnous bleu; on avait jeté des poignées de longues herbes à la place de la tête de l'un pour couvrir la section béante, et le crâne fracassé de l'autre indiquait pourquoi on n'avait pu le suspendre à la porte.

—Regardez, continua le spahis mettant pied à terre et examinant les cadavres, ils les ont tués d'un coup de pistolet à bout portant, comme on fera pour nous tout à l'heure; car ces sangliers montagnards nous ont vu arriver et nous guettent cachés dans les broussailles. Malheur sur nos têtes! Il ne nous reste plus qu'à leur abandonner nos bagages et prendre le trot sur Milah.

—Nous n'aurons pas fait cent pas que les hommes de *Bou-Salem* nous auront envoyé leurs balles; je suis étonné de ne pas les entendre siffler!

—Bou-Salem! s'écria le lieutenant; j'ai pour lui une lettre du vieux caïd *Abderrahman*. Il m'a dit: Si tu passes à Fedj-el-Arba, va trouver le sheik Bou-Salem de ma part: il te recevra comme un fils.

Et fouillant dans les poches de sa *djebira*, il en sortit une lettre.

—Fusillés dans la broussaille ou égorgés dans son douar, nous n'avons pas d'autre choix. Tentons l'aventure.

—Tu as raison, mon lieutenant. Bou-Salem déteste les Roumis qui lui ont tué aux affaires des Beni-Afeur son père et ses frères; mais c'est un juste, et après tout, Dieu seul est le maître de l'heure!

—Allons!

Ils descendirent le versant opposé du plateau et bientôt aperçurent dans un creux du vallon une trentaine de gourbis cachés derrière d'épaisses haies de cactiers et d'aloès.

Le Français crut d'abord le village du chef Kabyle abandonné, car nulle figure humaine ne s'y montrait, mais il s'expliqua bientôt la cause de cette apparente solitude.

A une portée de fusil, près d'un bois d'oliviers, une centaine d'hommes se groupaient autour de deux ou trois personnages gesticulant avec énergie, et les femmes et les enfants assis hors du groupe semblaient écouter anxieusement.

Mais les spahis venaient d'être aperçus: hommes, femmes, enfants se levèrent et de longs fusils hérissèrent cette foule.

Quelques hommes s'en détachèrent et, l'arme sur l'épaule, s'avancèrent lentement à la rencontre des étrangers.

Eux ne chevauchaient aussi que lentement à cause de la descente difficile; enfin, quand ils ne furent plus qu'à une vingtaine de pas les uns des autres, l'officier cria en langue arabe:

—Où est le sheik Bou-Salem?

—Devant toi! répondit un homme à barbe rousse et à l'aspect farouche et menaçant. Que lui veux-tu?

—Lui demander l'hospitalité. Nous avons trouvé les deux mokalis tués à la porte de Bordj. La place n'est pas sûre pour des hommes isolés. Nous venons reposer nos têtes chez toi.

—Chez moi! répliqua le sheik surpris; ignores-tu?..

—Je suis ton hôte et ne veux rien savoir, interrompit le lieutenant. Voici une lettre du caïd Abderrahman.

Le Kabyle fit quelques pas encore, regarda l'officier avec défiance, puis prenant la lettre, l'ouvrit, examina le cachet en silence et la tendant à un jeune homme qui se tenait tout près, une plume de roseau dans un étui et un encrier à la ceinture:

—*Khrodja*, dit-il, lis.

Le *Khrodja* (secrétaire) lut d'un ton uniforme et lent:

«Je t'envoie le lieutenant F. Il est mon ami. Ne te contente pas de donner l'*alpha* et la *diffa* à lui et aux siens, mais sois pour lui ce que le Prophète veut qu'on soit pour les étrangers qui viennent en ami.» ——

Pendant ce temps, les gens de la tribu s'étaient approchés, et les femmes ne sachant de quoi il s'agissait, hurlèrent à la fois: «A mort! à mort le Roumi et les vendus aux Roumis!»

A ces cris, le sheik se retourna, le sourcil froncé et l'oeil plein de colère:

—Paix, femmes! s'écria-t-il. L'injure est la dernière arme des vaincus, et les cartouchières de nos jeunes hommes contiennent encore de la poudre et du plomb. Ces voyageurs viennent ici en hôtes, ils doivent être les bienvenus. Mets pied à terre, ajouta-t-il en tenant lui-même l'étrier du lieutenant; ma maison est à toi, tu y demeureras à ta volonté, et aussi longtemps que tu seras assis sous son ombre, tu n'auras ni faim, ni soif, et nul ne touchera à un poil de ta barbe.

Et des hommes se saisirent des chevaux et de la mule, tandis qu'il conduisait ses hôtes à son gourbi, et que les Kabyles se groupaient avides de savoir ce que venaient faire ces aventureux au milieu de ce peuple insurgé.

—Rien, répondait le sheik; ils passent leur chemin.

Et, silencieux, ils se retiraient.

Ce fut avec l'appréhension de se réveiller chez le Père Eternel que s'endormit le lieutenant de spahis, et son sommeil fut traversé de songes tout embués de sang. Aussi à l'aube fut-il fort étonné de se trouver encore de ce monde. Le sheik, penché sur lui, secouait son épaule et lui disait: Lève-toi.

Ses chevaux sellés et la mule chargée achevaient bruyamment leur orge, et les Arabes déjà prêts causaient avec les Kabyles et partageaient fraternellement des olives et des morceaux de galette.

L'officier se mit en selle et cherchait des yeux le sheik Bou-Salem pour le remercier, lorsqu'il le vit avec étonnement monter à cheval, lui aussi, suivi de six cavaliers.

—Bon! se dit-il, il va me régler mon compte au milieu de quelque taillis, dès qu'il se croira débarrassé de ses devoirs d'hospitalité.

Mais le sheik semblant lire dans sa pensée lui dit:

—Je vais t'accompagner jusqu'au delà des crêtes de *Sidi-Khraled*, limites du territoire de ma tribu, car tu pourrais être insulté en chemin, ou pis encore.

Et lorsque le lieutenant, les deux spahis et le muletier dévalèrent sur l'autre versant du *Djebel,* après avoir pris congé des cavaliers Kabyles, ils se retournèrent plusieurs fois, et les aperçurent sur la crête du mont, éclairés par le soleil levant, le fusil haut sur la cuisse, suivant de l'oeil leurs hôtes qui défilaient paisiblement le long du chemin de Milah.

VIII

CLAIR DE LUNE

La Kabylie était en feu et l'insurrection s'étendait jusqu'à Batna, Setif et Aumale. Le Fort National, Dellis, Tizi-Ouzou, Dra-el-Mizan, Bougie, Bordj-bou-Arreridj, Milah étaient assiégés. Toutes les fermes et les habitations isolées flambaient, abandonnées par les colons trop heureux de sauver leur tête. C'est sur ces entrefaites que le colonel L..., commandant le cercle de Bou-Saada, officier énergique, partit un peu imprudemment avec une minuscule colonne de Tirailleurs Algériens et de Spahis, pour percevoir les impôts dans les tribus du *Bled-el-Djerid.*

Le premier caïd auquel il s'adressa refusa de rien payer; on dut faire des arrestations, et le lendemain deux ou trois mille Arabes, la plupart du cercle de Bou-Saada, vinrent attaquer notre camp.

On les mit en pleine déroute; et, tandis qu'un escadron de spahis sabrait les fuyards, le colonel fit sonner le ralliement des tirailleurs, et les braves *turcos* poudreux, sanglants, déchirés, hideux mais épiques, vinrent reprendre leurs rangs sur le front de bandière.

Les sergents-majors firent l'appel; une trentaine d'hommes et deux officiers manquaient dans le bataillon.

—Mes enfants, dit le colonel, je suis content de vous; mais il faut nous hâter de finir la besogne, car si nous ne la finissons pas aujourd'hui, ce sera à recommencer demain, et demain ils seront dix mille.

Les turcos, sombres et immobiles, écoutaient.

Le colonel continua:

—Pendant que la cavalerie charge cette canaille, vous allez m'apporter les têtes des tués. Allons, enfants! cent sous par tête de bédouin, un *douro!* Rompez les rangs et pas gymnastique!

Et se tournant vers les officiers étonnés de cet ordre:

—Le Bureau Arabe m'a fait prévenir que beaucoup de gens de Bou-Saada sont mêlés aux insurgés. Il faut frapper un grand coup, sans quoi il nous faudra rentrer dans la ville par la brèche avec, sur nos talons, tous les Ksours du Mok'ran. ——

Cependant les turcos poussant de grands cris se répandaient en courant sur le champ de bataille. Les chassepots avaient fait merveille, semant la plaine de corps bronzés.

Alors, on vit des groupes sinistres. Les soldats indigènes penchés, un genou en terre, décoiffaient d'un coup de main la tête du cadavre quand y adhérait encore le *chechia* ou le *haïk*, puis empoignant la touffe de cheveux que tout musulman porte à l'occiput, ils agitaient furieusement, avec un mouvement de bras qui scie et des miaulements de chacals, le terrible sabre-baïonnette.

Une boule sanglante pendait tout à coup à leur poing gauche, puis ils venaient présenter triomphalement l'épave humaine qu'ils jetaient sur un tas grossissant devant la tente du *Kebir*, en échange du *douro* remis par leur sergent-major, et sans reprendre haleine recouraient à la besogne.

C'était l'argent de l'*achour* que le caïd des Chabkas avait insolemment refusé de payer aux cavaliers du colonel et dont on s'était emparé la veille à coups de fusil.

Les têtes, au nombre de 300 environ, remplirent un fourgon du train d'artillerie qui fut aussitôt dirigé au grand trot sur la ville.

On ne s'encombra ce jour-là ni de prisonniers, ni de blessés, car s'il y eut de ces derniers, ils furent retrouvés sans tête, corvée de moins pour l'aide-major, les hommes de garde et les ambulanciers. ———

Escorté d'un peloton de spahis, le fourgon entra vers minuit à Bou-Saada par la Porte du Sud et le chargement funèbre s'arrêta sur la grande place.

La ville reposait sous la garde d'une section de turcos qu'on réveilla prestement et sans bruit pour qu'ils se tinssent prêts, fusils chargés et sac au dos.

Des hommes de corvée épointèrent rapidement le manche de longs piquets de tente, qu'ils enfoncèrent en un triple cercle autour de la fontaine, et sur ces piquets on planta les têtes.

Le fourgon les versait au fur et à mesure, en petits tas d'horribles boules, gluantes, informes, couvertes de caillots et de plaques de boue rouge.

Dans la précipitation et l'âpre désir du gain, les cous avaient été maladroitement tranchés. Des inhabiles avaient taillé pour chercher la jointure des vertèbres cervicales; d'autres, ne la trouvant pas, avaient haché l'os à grands efforts. Des nuques horriblement déchiquetées témoignaient des affreuses luttes des blessés; leurs exécuteurs, irrités de cette résistance qui augmentait leur besogne en y mettant des obstacles non prévus, avaient frappé, dans leur rage hâtive, dix mauvais coups pour un bon, et les chairs pendaient avec les fragments du crâne et les tendons, comme de petite bouts de loques ou des sétons englués de matière.

La lune, cachée jusqu'ici derrière les hauts palmiers de l'Oasis, se montra tout à coup, éclairant le hideux spectacle: faces livides et bleuies, bouches ouvertes encore dans la rage d'une dernière morsure, nez écrasés dans les heurtements et les cahos d'une route de quinze lieues.

Ici, un oeil sorti de l'orbite pendait jusqu'aux lèvres comme une agate salie, tandis que l'autre, grand ouvert, semblait regarder avec étonnement le vide.

Là, une tête, enfoncée trop brutalement, était percée de part en part; un éclat de bois sortait du crâne, au-dessus des sourcils, formant une corne sanglante; une autre, fendue par un coup de crosse, laissait couler la cervelle comme la moelle qui s'échappe d'un os.

Des ruisselets dégoûtaient lentement, serpentant le long des piquets où ils se collaient comme des filets de glue. Des chiens blancs à longs poils, maigres et trapus, et de grands lévriers fauves, rodaient autour du charnier, essayant de lécher les caillots de sang, tandis que d'autres, un peu à l'écart, hurlaient à la mort.

L'aube, bientôt, éclaira ces épouvantes et le soleil levant vit surgir
les désespoirs.

Ce furent les femmes qui, levées les premières pour puiser l'eau à la fontaine, assistèrent au spectacle.

Pétrifiées d'abord et muettes d'horreur, elles parurent ne pas comprendre ou se crurent le jouet d'un cauchemar; mais, s'étant approchées, elles poussèrent soudain de grands cris.

La ville entière s'éveilla, et en même temps le clairon des turcos, debout sur la place, sonna la diane. La joyeuse fanfare retentit avec ses airs de fête au milieu de cette désolation, tandis que les femmes avec des hurlements de louves affolées tournaient autour du triple rond macabre.

L'une reconnaissait la tête de son frère, celle-ci de son époux, cette autre de son père ou de son fils.

Quelques-unes ne pouvant distinguer les traits, les essuyaient du bas de leur robe ou grattaient de leurs ongles les coagulations de boue et de sang.

Les hommes arrivèrent à leur tour silencieux et farouches. Beaucoup levèrent les bras, menaçant du poing l'invisible ennemi.

Ils poussèrent tous à la fois de grandes clameurs, puis se turent. La section des turcos, immobile et sombre sous ses gais habits bleu de ciel, attendait, l'arme au bras, sur la place, et les spahis rangés en bataille avaient le sabre au clair.

Puis, au loin, on entendait s'approcher les éclats sonores des clairons sonnant la marche.

Alors le vieux caïd de Bou-Saada monta sur son cheval de guerre, et suivi de ses cheicks revêtus du burnous écarlate, sortit de la ville à la rencontre de la colonne.

Et lorsqu'il fut à dix pas du colonel qui, le poing sur la hanche, chevauchait audacieusement en tête de sa petite troupe au milieu de ce pays soulevé, il mit pied à terre et se prosternant, appuya sur l'étrier du Français sa longue barbe blanche:

—Tu es le plus fort, dit-il simplement. C'était écrit.

Et c'est ainsi que fin janvier, quand tout le nord de l'Afrique était en feu, fut étouffée en sa racine la sédition de Bou-Saada et la révolte des Ksours du Mok'ran.

La pratique des hommes de guerre n'est pas la pratique des avocats.

Aux sages, salut!

IX

COIN DU DÉSERT

Que la voute de la fête soit le ciel indigo ou la nuit semée d'étoiles, qu'elle soit le dôme doré de la Kouba ou la verte ogive des festons de vignes enguirlandés de grappes ovales, les danses les plus lascives s'enveloppent d'une biblique grandeur.

L'Arabe, même en ses vices monstrueux, est rarement bas et vulgaire. Les chairs lui brûlent, la passion le terrasse, le désir l'étrangle; il bave comme un lion, jamais comme un chien. Il a une façon à lui de secouer ses haillons et sa vermine qui ne ressemble en rien à celle des pouilleux de l'Europe, et jusque dans ses crimes, ses laideurs et ses misères, il porte la marque altière de Caïn. ——

Ce soir-là, la fête touchait à sa fin et le couchant se baignait dans de grandes nappes rouges. L'horizon flamboyait comme un décor de féerie et l'immensité enflammée des sables se fondait dans l'immensité enflammée du ciel.

On eût dit que là-bas Sodome, Gomorrhe et les cinq autres villes maudites éteignaient lentement leurs brasiers dans le lac asphaltique.

Ivre de mangeailles, de haschisch, d'amour, allongé sur une natte de tiges d'alpha, le dos appuyé contre ma selle, je rêvais, les yeux demi clos.

Alors *Braham Chaouch*, le vieux coupeur de têtes, posa sa main sur mon bras.

—Regarde, dit-il.

—Laisse-moi, que puis-je voir de plus beau que ce soleil couchant? Les filles des *Ouled-Nayls* ont grisé mes yeux et mon coeur. Elles sont parties emportant leurs tentes; je veux m'endormir dans l'oubli au bruit sourd des *tamtams* des chanteurs.

—Non, veille et regarde. Des chorées de femmes, tu peux en rassasier ta vue dans toutes les cités mauresques et aux portes de tous les ksours, mais le spectacle que voici est plus rare. ——

Et au travers du nuage qu'avaient laissé sous la tente le tabac, le kiff et la poudre, je vis défiler un à un, fantômes silencieux, les danseurs *Fréchiches*.

«Abandonne la danse aux femmes, a dit le prophète; souviens-toi que l'homme qui danse est ridicule et foule aux pieds sa dignité comme s'il sautait sur un tapis.»

Mais ce n'est pas seulement par la danse que les Fréchiches foulent leur dignité. Le visage rasé comme jadis les prêtres de Cybèle, ce qui suffirait pour les livrer au mépris des Arabes, ils s'affublent de la longue robe des femmes mauresques serrée aux hanches par la *foutah* de soie bariolée. Leurs poignets et leurs chevilles sont ornés de bracelets et quelques-uns de ceux qui passaient devant moi, les plus jeunes, portaient aux oreilles de grands anneaux d'argent. La tête était coiffée du turban des Koulouglis.

Ils se rangèrent en demi-cercle devant la tente du caïd, et au son de la *tarbouka* et d'une sorte de flûte de Pan dont jouait merveilleusement un jeune chamelier, l'un deux s'avança et commença la mimique lascive des courtisanes du

Souf. Bientôt un autre se joignit à lui, puis un second couple, et tous enfin ce mêlèrent en un chassé croisé d'immondes vis-à-vis.

Le caïd Otman et ses cheiks, accroupis sur leurs talons, regardaient, le sourire de mépris aux lèvres. Des cavaliers du goum et des spahis enveloppés dans leur burnous rouge garnissaient le fond de la tente et entouraient les danseurs; et ces têtes bronzées, ces mâles visages d'hommes de guerre formaient un étrange contraste avec les fronts blêmes et les traits flasques des efféminés.

Je crus voir le lubrique David et ses éphèbes juifs dansant devant l'arche sous les regards étonnés des soldats des Gentils.

Tout à côté, une chèvre blanche allaitait son chevreau. Le biquet donnait de grands coups de son mufle rose dans le pis gonflé, et, se reculant en tirant le tétin, heurtait le bras du joueur de tamtam, qui le repoussait doucement. De grands lévriers roux et féroces rôdaient autour de la tente et s'approchaient sournoisement pour flairer les hôtes. ——

La nuit descendait; les fournaises de l'occident et avec elles, les spectres des cités maudites écroulées dans une nappe pourpre, à chaque seconde, s'amincissaient.

Toute chargée des parfums capiteux des herbes que le soleil avait séchées dans le jour, la brise se leva et emplit la tente.

L'ombre croissait rapidement; des bougies que de jeunes garçons venaient d'allumer s'éteignirent, et tout à coup le joueur de tarbouka cessa de frapper la peau de ses doigts. Une flûte faite d'un roseau reprit un air triste et doux comme une voix de castrat, les danseurs s'arrêtèrent essoufflés, et l'un des infâmes psalmodia lentement une chanson d'amour. Puis, tous s'assirent à l'écart autour d'un foyer de braises rouges, se passant à la ronde de petites tasses de café et des pipes bourrées de haschisch.

La lueur du brasier jetait des teintes sanglantes sur leurs visages blafards frappés du sceau des basses luxures, et des cavaliers du goum se glissèrent auprès d'eux. ——

Mais voici qu'un bruit sourd, un bruit de voix et de pas se lève. Tous dressent l'oreille, et les Fréchiches, le cou tendu et l'oeil inquiet, interrogent l'espace dans la direction de l'oasis.

Alors celui qui était leur chef cria au caïd Otman:

—Homme! il a été convenu que nulle femme n'aurait sa place ici.

Il se fit un grand silence comme à l'approche des catastrophes et le caïd répliqua:

—Sur la tête du Prophète! Je jure qu'aucun de nous n'a accumulé assez de honte sur son front pour convier ici ses épouses ou ses soeurs. L'écorce de l'homme est faite de chêne, il peut tout braver sans trop de dommages; mais celle de la femme est une feuille de rose, elle se salit aux sales contacts. Celles qui viennent ne sont pas de nos ksours; personne ne les a invitées.

Et spahis, chaouchs, mokalis, goums, entendant ces paroles, riaient.

Les Fréchiches, eux, ne rirent pas. A la hâte, ils entassèrent pêle-mêle dans leurs larges *sahas* de poils de chameau leurs ustensiles, tapis, tentes, piquets et provisions de route, et en chargèrent avec une précipitation affolée leurs mules.

Mais avant qu'ils aient pu se hisser sur leurs charges, car on leur interdit de souiller de leur enfourchure infâme le noble cheval, monture des guerriers, quinze ou vingt femmes escortées de grands lévriers, de cette bonne race qui mange les hommes, se ruèrent comme des bacchantes en poussant des cris aigus. C'étaient les courtisanes de la fraction des Ouled-Nayls qui, depuis la veille, avait planté ses tentes sur le territoire de l'Oasis.

Et armées, les unes de bâtons, les autres de branches d'épine, d'autres encore de tessons remplis de fiente humaine, elles tombèrent à grands coups sur les fuyards, excitant contre eux les *slouguis.*

—Aux chiens les infâmes! hurlaient-elles. Les infâmes aux chiens!

Et l'on vit un spectacle étrange et à jamais inoubliable, dans ce coin du Bled-el-Djerid: des hommes glabres, costumés en femmes, poursuivis par des femmes et des chiens furieux, courir éperdus dans la nuit, à travers les sables.

X

MARDI-GRAS

Je ne me souviens plus en l'honneur de qui fut donné le dîner, si c'était en celui de l'abbé Bidoux, curé de Souk-Arras, ou Chipotot, inspecteur de colonisation, ou bien encore pour fêter l'arrivée du petit baron Lampinet, tout frais émoulu de Saint-Cyr et tombé de la veille au Bordj. En tout cas, on avait choisi le jour du mardi gras et le repas avait été digne des officiers du 4° escadrons du 3° spahis. Aussi l'un de ces messieurs, qui sortait des guides de la garde, ayant déclaré que ce festin lui rappelait les *mess* impériaux, mais qu'il y manquait la musique, le capitaine Fleury, chef de popote, promit un orchestre au désert.

Il appela le *chaouch* Ali-ben-Ali, lui donna à voix basse quelques ordres et l'on continua de manger et de boire... de boire surtout, car il faisait soif; par les fenêtres ouvertes arrivait avec la nuit une molle et chaude brise qui jetait dans le gosier des poignées de poivre de Cayenne.

Aussi les convives déjà très échauffés quand on alluma le punch, pour calmer la surexcitation de leurs nerfs réclamèrent-ils à grands cris la musique promise, et l'abbé Bidoux fredonna:

Retentissez, harpe sonore,
Jusques aux ciel;
Chantez celui que l'on adora
Dans Israël!

———

La porte s'ouvrit; il y eut un moment de grand silence. Le curé de Souk-Arras se renversa sur sa chaise, les yeux mi-clos, les mains sur son abdomen, se préparant, comme Saül, à faire sa digestion au son de la harpe sonore. L'inspecteur Chipotot raffermit ses lunettes, le petit sous-lieutenant se trémoussa, tandis que le grand Badenco, lieutenant en premier, lui allongeait de grands coups de pouce dans les côtes en disant: «Nous allons rire, petit cornichon.»

Depuis deux minutes cependant, la porte était ouverte et rien n'entrait; non, rien si ce n'est d'étranges et acres parfums où l'essence de musc se mêlait à la quintescence de bouc, et en même temps un bruit de chuchotements, de rires étouffés, de poussées avec un frémissement de *tarbouka* (tambour de basque).

—Allons! entrez, entrez donc, dit Fleury.

Les rumeurs cessèrent. On entendit une sorte de marche saccadée, et l'une derrière l'autre parurent, le rire aux lèvres, étalant leurs dents blanches et frappant en mesure sur la *tarbouka*, dix jeunes négresses enveloppées, de la tête aux pieds, dans ces grandes pièces de cotonnade bleue quadrillée appelées *moulaïas*.

En dépit du rire muet stéréotypé sur leurs lèvres, elles semblaient aussi craintives et honteuses que des pensionnaires du Sacré-Coeur en leur premier tête-à-tête avec leur cousin le cuirassier; mais les officiers les ayant encouragées de la voix et du geste, elles se rangèrent le long de la muraille et s'accroupirent sur le plancher, les regards fixés sur le punch qui flambait. ——

Oh! la belle ligne de faces truculentes, de nez épatés, de grosses lèvres gourmandes, de dents éclatantes et de croupes énormes! Elles avaient laissé à la porte leurs sandales de cuir jaune et l'on voyait la plante blanche de leurs pieds nerveux aux jarrets maigres comme ceux des juments de race, vaillantes à la fatigue et au plaisir. Les flammes bleuâtres de l'alcool et les jaunes languettes des bougies n'étaient qu'ombres devant l'éclat de ces vingt prunelles, qu'allumèrent la curiosité et la convoitise lorsqu'elles virent verser dans les verres des cuillerées de liquide en feu.

D'abord, elles firent des mines horrifiées lorsqu'on leur passa des coupes pleines. Mais l'abbé Bidoux, ayant juré que cette liqueur n'était qu'un simple sorbet pour lequel la belle Aïcha, quatrième épouse du Prophète, professait une estime toute particulière, elles se laissèrent convaincre, et après une série de grimaces variées destinées à dissimuler une satisfaction trop visible, elles vidèrent rapidement les coupes, puis passèrent la langue sur leurs lèvres comme des chattes qui ont goûté à un pot de crème, tandis que le marabout chrétien riait comme un fou de ce bon tour joué à Mahomet.

Alors, yeux allumés et face épanouie, elles entonnèrent en choeur, en raccompagnant de la *tarbouka*, une mélodie étrange, aux notes un peu monotones, mais empreintes d'une harmonieuse douceur. ——

Après une seconde tournée acceptée cette fois sans hésitation, deux d'entre elles se levèrent et, s'étant approchées du commandant du Bordj, lui baisèrent préalablement les mains et l'épaule droite et lui offrirent de donner le spectacle d'une danse arabe, offre qui fut acceptée avec enthousiasme, même par l'abbé Bidoux, qui avoua désirer depuis longtemps assister à cette *sauvage folie*.

En une seconde, toutes deux se dépouillèrent de leur *moulaïa* et parurent vêtues de la simple *komidja* (chemise), qui, formée de deux pièces de coton attachées aux épaules par deux boucles de cuivre et retenues à la taille par un cordon de laine, ouverte par conséquent sur les côtés et ne dépassant pas le genou, laisse aux regards les moins discrets peu de chose à désirer.

Et se faisant face, roulant des yeux chargés de luxure, la bouche ouverte en un rire silencieux, elles se trémoussèrent pendant dix minutes sur leurs hanches charnues, jouant, en une pantomime naturaliste, l'éternel duo d'amour.

Les doigts enfiévrés des musiciennes frappant à grands coups les *tarboukas* ralentissaient ou précipitaient les saccades, tandis que les anneaux de cuivre de leur bras et de leurs chevilles s'entre-choquaient avec un tintement aigu de grelots.

Les officiers riaient; le petit sous-lieutenant ne cessait de se dandiner sur sa chaise, imitant, sans en avoir conscience, les mouvements des danseuses; l'inspecteur de colonisation, cou tendu et bouche béante, tenait des deux mains ses lunettes, de crainte qu'elles ne s'échappassent de son nez, et le curé, écarlate, la tête penchée sur son assiette et les mains jointes comme s'il marmottait des actions de grâces au ciel, n'osait regarder que du coin de l'oeil.

Enfin, tournoyant sur elles-mêmes, elles s'abattirent haletantes et demi-pâmées près de leurs compagnes qui, cessant le *tam-tam*, tendirent leurs verres qu'on s'empressa d'emplir.

Alors l'ivresse devint complète et le *simoun* amoureux les fouetta. Des odeurs hircines emplirent la salle dominant celle du musc, entrant dans les poitrines avec le vent de la plaine chargé de toutes les senteurs du soir comme cette brise de Baïa, si fatale à l'honneur des Romaines, qui mettait l'amour aux flancs des vierges et faisait fleurir deux fois l'an les rosiers de Poestum.

Pour tamiser les souffles du dehors, Fleury fit tendre des *frechias* aux fenêtres; mais l'air de la salle semblait saturé de cantharides, et les négresses allumées comme des torches de résine, l'oeil en feu et la lèvre sanglante, se dressèrent à la fois, et, levant à l'unisson la croupe, commencèrent, toutes les dix, une danse de chèvres en rut. ——

En bas, dans la cour du Bordj, un groupe de nègres attendait anxieux. C'étaient les époux et les frères qui, sombres et inquiets, l'oeil levé sur les fenêtres du *Kébir*, voyaient passer sur les épais rideaux les ombres fantastiques de leurs épouses et de leurs soeurs. Puis, subitement, les clartés s'éteignirent; on ne vit plus sur les *frechias* tendues que de vacillantes lueurs rouges et bleues, des lueurs de fournaise.

C'est que, là-haut, on allumait un second punch et le petit sous-lieutenant Lampinet était allé sournoisement et sans mot dire souffler les bougies. ——

Le dernier vêtement des aimées avait glissé sur le tapis fantastique et, éclairée par la flamme, leur peau noire prenait d'étonnants reflets. On eût dit des bacchantes de cuivre s'offrant dans toutes les poses à la fureur des satyres.

Pour fuir cette scène d'orgie, le curé fit de nombreux efforts. Ses jambes refusaient le service, il retombait lourdement sur sa chaise, écarquillant les yeux et poussant des oh! oh! ah! qu'on pouvait prendre pour des gémissements d'indignation ou des exclamations de joie.

L'inspecteur de colonisation, homme paisible et de moeurs honnêtes, étant également en sa qualité de *civil* laissé à l'écart, se leva à son tour pour ne pas être témoin de cette priapée. Prenant l'abbé Bidoux par les aisselles, il l'entraîna en trébuchant et le poussa hors de la salle. Battant les murs et à tâtons, ils descendirent l'escalier.

Au bas, une douzaine de spahis buvaient philosophiquement du café, gardant la porte d'entrée contre toute invasion indiscrète, tandis qu'un peu plus loin les nègres s'obstinaient à attacher leurs yeux sur les fenêtres d'où nulle lumière ne filtrait plus.

Et leur inquiétude redoublait, car les roulements des *tarboukas* avaient cessé.

A la vue du curé et de son compagnon, ils se précipitèrent, réclamant leurs femmes.

—Nous les avons prêtées pour la fête, criaient-ils, pour qu'elles jouent du *tam-tam* seulement.

—Ça ne nous regarde pas, répliqua l'inspecteur de colonisation.

—C'était seulement pour le *tam-tam*, répétèrent les nègres de plus en plus alarmés.

—Laissez-nous tranquilles, répondit l'inspecteur de colonisation.

Mais l'homme de Dieu, plus conciliant, avec des hoquets:

—Je vous fais observer que nous partons..... Nous ne sommes pas complices, mes amis, pas complices de ce qui se joue là-haut.

—Le *tam-tam*, redisaient les nègres; on n'entend plus le *tam-tam*!

Et quand ils furent hors du Bordj, le curé se voila la face:

—Les orgies de Babylone, murmura-t-il.

—Dites les saturnales du Bas-Empire, appuya l'inspecteur.

—Les lupercales! M. Chipotot!

—Ignoble! fit celui-ci.

—C'est le mot, reprit le curé dont le grand air augmentait l'ivresse, traiter ainsi des invités! Puisque nous étions douze, ils auraient bien pu commander douze négresses. Deux de plus ou de moins, qu'est-ce que ça leur aurait coûté?

XI

L'HANAFI

C'est l'heure du marché, et sur la place du Caravansérail la foule hétérogène se presse. Bédouins bronzés, à l'oeil farouche, aux burnous rapiécés; Koulouglis au visage mat et aux vêtements luxueux; Kabyles à la courte tunique; Biskris misérables, juifs crasseux et humbles, nègres philosophes, caïds et mendiants, *mercantis*, colons et soldats, Mauresques voilées, juives sans voiles, négresses demi-nues, se coudoient, flânent et grouillent au milieu des bourricots et des mules, des chevaux à fière allure et des chameaux accroupis. Et dans des étincellements de soleil s'entassent des monceaux de pastèques, de grenades, d'oranges, de dattes, d'oignons, des figues de barbarie, des jattes de lait aigre, des harnachements brodés d'or, des bâts éventrés, des mors de bride rongés de rouille, des étriers damasquinés, des thémaques des djebiras, des ceintures et des étoffes de soie, des armes, des galettes, des anneaux pour les bras, les jambes et les oreilles, des beignets à l'huile, des guirlandes de têtes de moutons, des chapelets d'artichauts sauvages, des tapis, des sachets de musc, des fioles d'eau de rose, des morceaux d'encens, des gâteaux de miel, et des chiens, et des puces, et des poux, et des enfants, et des bijoux, et des haillons.

Et de toutes parts se croisent des appels étranges, des clameurs de sorcières, des disputes pour un sou.

Les injures sont renvoyées de bouche en bouche comme volants sur raquettes: *fripon, cocu, proxénète* et *juif*, insulte suprême! Et les crânes se heurtent, et la foule s'amasse, les cris: *Balek! balek!* pleuvent de tous points à la fois, tandis que les vendeurs publics parcourent les groupes, proposant aux plus offrants la marchandise d'une voix enrouée: *Bab Allah! Bab Allah!*

Et au sommet de la mosquée de Salah-Bey, dont le gracieux minaret dresse sa blanche silhouette sur le fond bleu du ciel, les cigognes immobiles, perchées sur une patte et le cou dans les épaules, contemplent d'un oeil impassible cette bruyante houle de bêtes et de gens.

Et au devant de la place s'étend un coin de la ville; de sa longue terrasse on domine l'amoncellement des toitures rouges qui descendent vers le sud, brusquement arrêtées par l'étroite cassure du roc, où, à une profondeur de 200 mètres, coule sourdement le Rummel invisible; puis les pentes verdoyantes de Mansourah, et à gauche les rochers géants et sombres de Sidi-Merid. ——

Mais ce n'était pas ce panorama de la plus étrange cité de l'Algérie qui attirait mes regards. Un groupe de Mauresques babillaient près de moi; sous la *moulaia* quadrillée qui les enveloppait, on devinait la grâce et la jeunesse, et *leurs grands yeux noirs, brûlant comme la braise,* révélaient, en dépit du voile, l'attrait du visage, car avec de tels yeux jamais femme n'est laide.

Dans un dessein pervers, elles laissaient entrevoir le bas blanc coquettement tendu sur le mollet gras et la cheville aux fines attaches, où cliquetaient, joyeuse musique, des boules de cuivre en des anneaux d'argent; et le gai babillage, et le pied mignon chaussé de sabates rouges, et le coin du mollet, et le cliquetis, et les étincelantes prunelles, tout cela parlait, chacun en sa manière, et clairement disait: «Suivez-nous, suivez-nous.» Et craignant de ne pas avoir été comprise, l'une des vendeuses de ces séductions s'approcha:

—Viens chez moi, me dit-elle, j'ai du tabac blond, et du café noir; je m'appelle Ourika (petite rose) et je suis belle.

Et me voyant hésiter, elle écarta son voile...

———

En ce moment, une main grassouillette, aux ongles sales, me toucha le bras et une voix que je reconnus murmura:

—Belle? oui, mais elle a au moins vingt ans, et depuis peut-être dix elle offre dans son alcôve aux Arabes comme aux Roumis, café, petite rose et cigarettes. Ecoute-moi, je veux te montrer une plus fraîche grenade, et quand tu l'auras vue, tu n'en détacheras tes yeux que pour y attacher tes lèvres.

Et tandis que les blanches Mauresques se perdaient en riant dans la bruyante foule, la noire apparition qui s'était jetée entre nous m'interrogeait du regard.

Oui, je la reconnaissais bien pour l'avoir maintes fois rencontrée, humble et cauteleuse, errer dans les galeries de la vieille caserne des Janissaires. Grâce à sa mine lamentable, elle avait obtenu des adjudants apitoyés la permission d'y entrer, et nous la trouvions à toute heure rôdant dans les chambres, mendiant des croûtes de pain, achetant les vieux galons, les vieilles bottes, les hardes, ne payant jamais que la moitié du prix convenu, volant des rogatons et des bouts de chandelles, renvoyée chaque jour et reparaissant chaque lendemain suivant le précepte de Jésus, qu'elle maudissait, s'humiliant sous l'outrage, baisant la botte levée, présentant la fesse droite si on la chassait à coups de pied sur la gauche.

Mais nul n'eût voulu toucher du pied ni du doigt cette épave quadragénaire de la race maudite, et ce ne fut qu'après la disparition successive de ceintures et de burnous qu'on la poussa dehors par les épaules en donnant la consigne au brigadier de garde de ne plus la laisser entrer. ———

Deux années s'étaient écoulées depuis. C'était toujours la même face blafarde, les mêmes yeux chassieux à la larme facile, les mêmes bajoues tremblotantes, la même voix dolente et mielleuse, le même sombre accoutrement de veuve, les mêmes hardes et la même crasse.

—Ecoute-moi donc, continuait-elle, les joies du paradis, je les ai procurées à des *kébirs* de ta nation, dont la confiance et la clientèle ne m'ont plus quittée, et jamais ils n'ont été aussi hésitants que toi, bien que je leur demande en *douros* ce que tu ne pourrais me donner qu'en *sordis*.

—Tu n'en parais guère plus riche.

—Ah! nous autres, pauvres juifs, nous sommes tant volés par les Arabes et les Chrétiens! Tiens, ajouta-t-elle, en désignant de la main le tribunal civil dont on apercevait la toiture à côté de celle de l'ancien palais du bey Hadj-Hamet, parmi les *Hanafis* qu'on voit là-bas en grande chemise noire, avec une casquette sans visière et des bavettes de nouveau-né, il en est un habillé de rouge, qui vient souvent en ma demeure quand le soleil est couché derrière Koudiat-Aty et que la ville est silencieuse. Ah! ah! celui-là sait apprécier le fruit que je sers. Viens-tu? ——

———

Nous descendîmes l'escalier de la place, nous dirigeant vers le quartier de la Synagogue, au bord du ravin, non loin de l'endroit où l'on précipitait les épouses adultères, et par un dédale de ruelles bordées de maisons croulantes et coupées de voûtes ombreuses, nous arrivâmes à un escalier fait de débris de pierres romaines, puis à une étable au fond de laquelle se trouvait une porte où la juive frappa.

—C'est moi, dit-elle.

—Un verrou fut tiré sans bruit; je traversai une cour minuscule, je gravis quelques marches et je me trouvai tout à coup dans une petite chambre mauresque, ornée à profusion de lourdes dorures, d'étagères, de glaces et meublée avec un luxe oriental que je n'aurais jamais soupçonné après pareil cicérone et semblable antichambre.

Deux jolis enfants de sept à huit ans, garçon et fillette, couchés à plat ventre sur un tapis à laine longue et dure, m'examinaient de leurs grands yeux curieux. Des jouets éparpillés et d'une provenance visiblement française, cheval de bois, poupée à tête de porcelaine, soldats de plomb, polichinelle, indiquaient que mon arrivée avait interrompu leurs jeux.

—Assieds-toi, me dit la matrone me désignant un large coussin recouvert d'une tapisserie en poils de chameau formant des dessins bizarres et multicolores, comme en tissent les femmes du *Souf*, c'est le nid d'amour, tu vois le doux nid d'amour.

Et soulevant une *frechia* de Tunis, tendue sur l'entrée d'une seconde petite chambre de la dimension d'une alcôve, élevée d'an pied au-dessus de la première, elle appela: Hagar! Hagar! ——

Mlle Hagar, jouvencelle d'une quinzaine d'années, très brune et très jolie, se montra aussitôt, et sans plus de préambule s'accroupit en face de moi.

—C'est ma fille,—dit la sale veuve, paraissant plus sordide encore dans ce boudoir somptueux à côté de cette adolescente, vêtue de l'opulent costume des riches juives,—la dernière de cinq, ma ressource et ma joie. Ces petits sont les enfants de l'aînée et l'espoir de ma vieillesse. Venez, chéris, embrassez le Chrétien. Il va vous donner à chacun une belle piécette blanche et à votre tante un beau gros *douro*. Ah! mon fils, je suis bien malheureuse, le bon Hanafi qui nous protège est parti avec son épouse au pays des Francs et ne reviendra que lorsque sera passé le mois du *simoun*. Ils appellent cela leurs vacances, car ils se reposent et ne jugent pas les hommes; mais pour moi, ce temps est celui de la grande misère. Oh! il reviendra, il me l'a promis; il est pieux et sa parole est sainte; mais en attendant il faut vivre, et la colombe que voici souffre, car elle ne s'abreuve que de larmes et ne se nourrit que de privations... Un *douro!* seulement un douro!... parce que c'est toi et pour que tu reviennes... Merci. Réjouis-toi en toute quiétude, elle est bien dressée et docile.

Elle dit, et sortit en fermant discrètement la porte, nous laissant avec les enfants.

—Renvoie-les donc, dis-je à Hagar; pourquoi ta mère ne les a-t-elle pas emmenés? Ne vois-tu pas leurs yeux brillants de curiosité indécente?

—Ah? fit-elle très surprise, tu ne les désires pas? c'est pour te plaire, cependant, que la mère nous les laisse; Monseigneur Ben Simoun notre *rabi* a bien raison de dire: «des méchants jouissent en se cachant du bien qui leur arrive, mais les bons préfèrent qu'on assiste à leur joie,» et c'est un bon, le vieil Hanafi, car il réclame toujours leur présence. Elle augmente, dit-il, son bonheur.

XII

LOTH

Pas plus haute que ça, toute maigre et chétive. Sur les côtés ouverts de sa jupe bleue, ses cuisses grêles d'enfant se voyaient jusqu'aux hanches, et sur sa poitrine nue où saillaient les côtes commençaient à germer des seins à peine gros comme des moitiés de grenade. Dix, onze ans peut-être! Là-bas, dans les plaines du *Souf,* les filles poussent mieux d'ordinaire, mais les fièvres, la misère ou le vice, on même les trois démons ensemble, avaient retardé la floraison de celle-ci.

Bast! fièvres, misère, vice, n'empêchaient pas le large rire de s'épanouir sur ses lèvres enfantines, ses lèvres qui bordaient d'un large ruban écarlate l'ivoire éblouissant de ses dents de négrillonne. Et de rire elle ne se lassait pas, car un foulard jaune, tout neuf, entourait sa tête crépue, à ses oreilles tremblaient deux grands anneaux de cuivre et une heure auparavant elle avait fait la grande ablution à la fontaine du ksour et, tout en se séchant au soleil, lavait la loque qui lui servait de *gandourah.* Elle était propre et belle, et fraîche, et elle sentait le musc comme aux jours de *fantasia,* et ses grands yeux brillants comme des escarboucles éclairaient son museau noir. ──

C'est son grand-père qui me la conduisit, et je crus voir venir l'un des trois mages qui accoururent jadis saluer le petit Jésus dans la nuit de Noël, tant il me parut vénérable et majestueux.

Une barbe blanche, laineuse et courte, encadrait sa face noire sillonnée de profondes rides, et au turban crasseux entourait sa tête sexagénaire; aussi peu vêtu que la fillette, il n'avait qu'un burnous dont l'usage demi-centenaire avait fait une sorte de dentelle, et qui ne voilait que de temps à autre sa patriarcale nudité.

Un peu courbé par l'âge et les orages du désert et de la vie, il s'appuyait en marchant, sur un long bâton, avec autant de noblesse et de fierté que les vieux rois pasteurs devaient en mettre à s'appuyer sur leur houlette sceptrale.

En guise de myrrhe et d'encens et autres parfums coûteux et bibliques, il n'apportait qu'une terrible odeur de bouc qu'il répandait à profusion et gratis.

—Le salut soit sur toi, roumi, me dit-il en me baisant respectueusement l'épaule, voici celle que tu attends.

Et il poussait devant lui la négrillonne qui résistait moëllement, le haut du corps rejeté en arrière avec un petit tortillement de hanches et d'épaules comme un enfant gâté qui veut qu'on le prie, tandis que sa bouche s'épanouissait dans une satisfaction si grande qu'on eût pensé qu'elle allait se mordre les oreilles.

Du diable! si j'attendais quelqu'un et surtout cette négrillonne, et je m'écriai stupéfait:
—Quoi! que veux-tu, *négro?*
──

Arrivé du matin même au *ksour* pour y occuper avec douze spahis indigènes un poste avancé, je n'y connaissais personne et n'y attendais rien, fumant silencieusement ma cigarette, sous un coin relevé de ma tente, regardant la grande plaine sablonneuse tachée ça et là de broussailles rabougries que rougissait le soleil couchant. Non, ma foi, je n'attendais personne que le brigadier Messaoud que j'avais envoyé dans le *ksour* me chercher un Arabe à tout faire, mon ordonnance ayant été mordue à notre sortie de *Zezibet-el-Oued* par une *leffah* (vipère cornue), qui l'avait en moins d'une heure envoyé dans les bras de l'ange Israfil, et le nombre restreint de mes hommes ne me permettait d'en distraire aucun de son service pour l'attacher au mien.

—On s'est moqué de toi, *négro*, je n'attends personne.

—Le sage doit s'attendre à tout, reprit sentencieusement le vieux mage, au mal comme au bien. Quand c'est le mal qui arrive, il le reçoit sans murmure; mais quand c'est le bien qui tombe du ciel, il s'appelle *fou* celui qui ne se baisserait pas pour le ramasser. Le bien, le voici! baisse-toi, homme, et ramasse.

Et plaçant devant moi la jeune négresse:

—Elle s'appelle *Perle noire*, c'est la fille de ma fille *Zouza*. Ramasse-la donc, tu n'en trouveras pas toujours une pareille sur le chemin des sables.

—Et que veux-tu que j'en fasse?

—Ton brigadier Sidi-Messaoud a demandé un serviteur de ta part dans le ksour. Serviteur ou servante, j'ai pensé que peu t'importait. Elle allumera ton feu et balayera ta tente. Elle fera ton café et te prépara le couscous. Elle ira te couper des touffes d'*alfa* ou de *diss* pour te couche et disposera ta selle de telle sorte que, la nuit, tu trouveras de la douceur à y poser ta tête. Enfin, ce que tu exigeras d'elle, elle le fera de bonne volonté suivant ses forces. En échange, tu me donneras un *douro* par mois et tu la nourriras de tes restes. Homme, je suis pauvre et l'enfant a faim. Fais-nous cette aumône et au jour du jugement, *Rahman* le miséricordieux ne se souviendra plus que tu as compté parmi les chrétiens.

Il dit, et poussa en dépit de moi l'enfant sous ma tente, puis tendant sa longue main osseuse et noire:

—Donne le douro: pour un mois, la Perle t'appartient. ———

La négrillonne s'était accroupie en un coin, le dos appuyé contre un sac d'orge à côté de ma selle; immobile, son rire silencieux épanoui sur ses lèvres, elle attachait sur moi ses grands yeux étonnés et un peu inquiets.

—Que vais-je faire de toi? lui demandai-je.

—Ce que tu voudras, *Sidi*.

-Oh! oh! ce que je voudrai, mais encore faut-il que je sache à quoi je puis t'employer.

—Je sais allumer le feu, balayer une tente, cuire le couscous.

—Cela ne suffit pas.

—Je sais aussi laver un turban et mettre une musette pleine d'orge au nez d'un cheval.

—Et quoi encore?

—Je me tiendrai près de toi pendant ta sieste et à l'aide d'une feuille de bananier je chasserai les mouches qui viendraient troubler ton sommeil.

—J'ai un moustiquaire.

—Je te réveillerai à l'aube, à l'heure que tu m'indiqueras.

—C'est l'affaire du trompette, et ce n'est pas pour tout cela que j'ai besoin d'aide.

—Dis ce que tu veux.

—Il faut cirer mes bottes.

—Tu m'apprendras.

—Fourbir mon sabre et mes éperons.

—Tu m'apprendras.

—Nettoyer mes effets.

—Tu m'apprendras.

—Et mon harnachement?

—Tu m'apprendras.

—Tu est pleine de bonne volonté, vraiment, petite Perle noire. Mais s'il faut tout t'apprendre et te montrer, je crains fort d'être obligé d'avoir pour longtemps toute la besogne sur les bras. Qu'es-tu capable de faire encore?

Elle me regarda fixement, étalant ses belles dents blanches.

—Eh bien, quoi? demandai-je.

Et elle répondit sans trouble:

—Je sais faire l'amour, Sidi.

—L'amour! Quoi! à ton âge! Et qui donc te l'a enseigné?

Alors la petite négresse, étendant la main dans la direction du Ksour, me désigna le patriarche du Soudan qui s'en allait majestueusement dans le sentier rocailleux.

—C'est le vieux, là-bas, me dit-elle.

XIII

LE COCU ET LES RATS

A MON AMI LÉON CLADEL[10].

[Note 10: Un soir, à Sèvres, assis au foyer familial de l'illustre auteur de l'*homme de la croix aux boeufs*, les pieds sur les chenets, je lui racontais cette histoire. Il en fut si frappé qu'il m'engagea aussitôt à l'écrire et c'est pourquoi je la lui dédie.]

Je ne suis pas en faveur de ceux qui se font justice eux-mêmes, et je ne reconnais pas plus à un mari trompé le droit de tuer l'amant ou l'épouse adultère que je ne reconnais à un monsieur de qui on vient de voler la montre celui d'égorger le pick-pocket.

Cocufiage ne vaut pas mort d'homme et ce droit que l'offensé s'arroge, et que tout jury corrobore n'est qu'un restant des moeurs grecques, romaines et juives, car nos pères les Francs, beaucoup plus sages, se contentaient de faire payer à l'amant une amende de deux cents sous. En Angleterre, un mari qui tue sa femme ou l'amant de sa femme, est pendu, comme un simple assassin.

Nos voisins ont de ci, de là, quelques bonnes choses que nous ferions bien de leur emprunter, telles que l'exactitude et le *chat à neuf queues*[11]!

[Note 11: Fouet à neuf lanières de cuir terminées chacune par une balle de plomb dont on se sert dans les *prisons* contre les étrangleurs et les bandits de nuit. La sensiblerie des philanthropes leur a fait pousser de grands cris, mais, depuis l'introduction de ce châtiment *barbare*, les crimes et les attaques nocturnes ont diminué à Londres de 80%.]

Cependant, quand la justice se fait tacitement complice du meurtrier et encourage, comme on en voit de trop fréquents exemples, l'usage du vitriol et du revolver, elle met la victime dans le cas de se faire justice elle-même, ou les parents de venger le mort.

Je serais désolé de voir s'introduire en France les moeurs des maquis corses; mais si l'on assassinait ma femme, ou mon père, ou ma mère, ou mon fils, et que le meurtrier fut paisiblement renvoyé chez lui sous prétexte qu'il s'est trompé de tête, je n'hésiterais pas une minute à loger une balle dans la sienne.

Qu'on excuse ce petit prologue; j'avais hâte de dire ma pensée sur le singulier jury qui, par l'acquittement d'une épouse un peu vive et très myope, semble vouloir établir la loi de Lynch chez nous. Pour mon compte personnel, je ne m'y oppose pas, mais qu'on nous gratifie en même temps des libertés de l'Amérique.

J'arrive à mon histoire où il est question d'un mari trompé qui loi aussi s'est fait justice.

C'était la troisième fois qu'Ahmed-ben-Abderahman se voyait cocu et bien qu'il n'eût jamais été battu, il n'en était pas pour cela plus content.

Il était même fort en colère et l'avait du reste suffisamment prouvé. A sa première épouse infidèle il coupa nettement la tête avec un couteau bien trempé, selon la coutume immémoriale des maris musulmans, ce qui lui attira une mauvaise affaire dont, à grand'peine et grâce à la protection du général Desveaux, il sortit.

La deuxième, il l'étouffa à l'instar du Maure de Venise, après avoir cassé d'un coup de fusil le bras du lovelace, jeune officier du bureau arabe, qui s'en tira sans autre encombre. Cette fois, cependant, comme il y avait récidive il fut condamné à quelques années de transportation, par un jury composé de cocus, qui ne considérèrent pas que, s'il y avait récidive de meurtre, il y avait également récidive de malheur.

Revenu de Cayenne, vieilli, meurtri, mais ni repentant ni corrigé, il prit nouvelle épouse, ayant retrouvé les anciennes trop laides et trop usées.

———

J'avais beaucoup connu Sidi Ahmed-ben-Abderahman, au temps où il était caïd de Ouargla, et, plus d'une fois, j'eus l'occasion de lui rendre de petits services. Il ne les avait pas oubliés quand il me rencontra à Constantine, après ses infortunes. Il habitait, dans le voisinage de la grande mosquée *Djema el Kebir*, une belle maison mauresque, où il me fit souvent l'amitié de m'inviter à boire du café et manger du couscous. Homme doux, affable et généreux, il ne laissait rien paraître sur son front de ses malheurs et de ses rancunes. Grand seigneur arabe, de la puissante famille des *Ouled Khelif*, il possédait encore une fortune relativement considérable et entretenait à ses frais, comme les patriciens de Rome, une vingtaine de pauvres diables, gens de sa tribu. C'est ainsi qu'il éleva un jeune chamelier du *Souf*, en qui il reconnut de l'intelligence, lui fit donner l'instruction des *thalebs* et admettre comme suppléant à la chambre des *Amins* (tribunal de conciliation.) Ce jeune homme habitait sa maison, lui servait d'intendant et de secrétaire, et il en avait fait son ami. Deux conditions de plus qu'il n'est nécessaire pour que vous prévoyez le résultat.

Je dois ajouter, comme circonstance atténuante, qu'Amed-ben-Abderahman approchait de la soixantaine, ce qui est un bel âge pour un Bédouin ayant passé cinq années à Cayenne et dont la tête, comme celle du vieux cheik de la chanson,

Avait blanchi dans la guerre et les camps.

Mais, comme beaucoup de gens deviennent moins raisonnables à mesure que leur barbe grisonne et que la sagesse n'a rien de commun avec la couleur des cheveux, l'ancien caïd de Ouargla, que ses disgrâces conjugales n'avaient pas désillusionné de l'amour, prit pour épouse la divine Hadjira.

Je dis *divine*, et vous auriez dit comme moi si vous l'aviez vue, car c'était bien la plus jolie petite mauresque que l'on pût imaginer, et à part père, frères, mari, amant et moi, nul oeil profane de mâle n'avait défloré son doux visage et, quand je l'eus contemplé une minute, je compris que le bonhomme Ahmed pût en être féru.

Il l'aima follement au point de mourir de chagrin de l'abominable vengeance qu'il en tira quand il découvrit sa nouvelle infortune, quelques semaines après la nuit de noce.

C'est même moi qui lui indiquai inconsciemment le genre de supplice à infliger à *Amin El Ascoub*, mais comme ce jeune magistrat était une affreuse canaille qui gratifia la naïve Hadjira de ce que vous savez, je me suis dit: «A chaque peine son salaire, et à chaque vice châtiment»; et jamais nul remords ne troubla mes rêves, ce qui, affirme-t-on, est la meilleure preuve d'une conscience immaculée.

Serrer la main d'un homme et le trahir; baiser sa joue et lui dire comme Judas: «Ami, je te salue», et courir le vendre; recevoir l'hospitalité et prendre l'épouse de l'hôte, manger son pain et voler son honneur, s'abriter sous le toit et souiller la couche! quoi de plus misérable.

On écartelait le soldat romain coupable d'adultère avec la femme de son hôte, mais quel supplice infliger à qui prend la femme de son bienfaiteur?

—Il devrait, me dit un jour Ahmed, exister un châtiment plus cruel que la mort, qui, lorsqu'elle frappe à l'improviste n'est nullement un châtiment, car on ne la sent pas venir et souvent même on ne souffre pas.

—Tu as raison. Les anciens plus logiques, pour la diversité des crimes, puisaient dans la variété des châtiments. Notre civilisation, en rendant la peine uniforme, commet un non sens et une injustice, puisqu'elle inflige la même peine banale à l'assassin de profession et à l'assassin par accident, à celui qui tue un ennemi dans un moment de colère et au scélérat qui égorge père et mère, empoisonne sa femme, viole sa fille et jette à l'eau ses enfants.

Le vieux caïd haussa les épaules.

—Ah! continuais-je en riant, tu veux des châtiments raffinés; eh bien! il faut aller dans l'extrême Orient ou lire les livres qui traitent des supplices chez les Chinois, les Japonais et les Mongols.

Je ne sais lire que dans le Koran, répondit modestement l'ex-caïd, mais si tu veux parler, tu m'instruiras.

—Je vais te détailler la façon dont on punit les traîtres chez les Tonkinois, ça te fera passer un quart d'heure agréable.

—Je t'écoute, mon fils.

—On prend le sujet, on le déshabille, on l'attache à un poteau où se trouve scellée une cage de fer et dans cette cage on lui enferme la tête.

—Ah! ah! ça commence bien, fit le bonhomme en passant la main sur sa barbe vénérable.

—Puis on y introduit deux rats?...

—Pourquoi deux plutôt qu'un, ou trois?

—Parce qu'avec trois la besogne irait trop vite et trop lentement avec un, paraît-il. Puis un rat tout seul s'ennuierait.

—Et ces rats?..

—Sont à jeun. Tu comprends?

—Je saisis, répliqua le patriarche dont les yeux lançaient des éclairs.

—La première heure, les pauvres bêtes sont fort effarouchées et toutes dépaysées de se trouver là, devant cette foule,—car foule il y a—qui les intimide. Elles vont, viennent, trotinent, grimpent aux barreaux, descendent, se gardant de toucher à cette tête qui remue et les effraye. Enfin, elles s'enhardissent, s'approchent, flairent, et la sentant inoffensive s'encouragent mutuellement. Au bout d'une heure, elles n'y tiennent plus, elles sont tout à fait apprivoisées, et ouvrent des yeux goulus, la faim les talonne, la chair fraîche est là, leur petit estomac ratier leur dit: «Goûte donc, goûte donc!» Et elles commencent à grignoter.

—Ah! ah! je les vois d'ici. Et quelles grimaces fait la tête!

—Horribles! mais les traits s'effacent, elle se dépouille peu à peu. Les rats sont des gourmets, ils choisissent les morceaux et entament les savoureux: lèvres, joues, narines, paupières. Ils mangent d'abord gloutonnement puis, la première faim assouvie, se ralentissent, et enfin repus, gonflés, ventrus, se reposent, font leur petit somme. La digestion terminée ils se remettent au festin, finissent les parties tendres, attaquent les coriaces, achèvent le nez, déchiquettent les oreilles, déchaussent les dents, décoiffent le crâne, tandis que le misérable ne cesse de hurler.

—Est-ce qu'il voit? demanda le vieux.

—Jusqu'à ce que les rats lui aient fouillé l'orbite et laissé deux trous noirs à la place des yeux, il ne s'est pas amusé à regarder voler les mouches. Alors il ne peut plus voir ni entendre, mais il peut encore hurler, car ses dents ont défendu sa langue, et c'est ce qui amuse le plus les spectateurs; enfin les rats importunés coupent les tendons des mâchoires et le patient devient muet.

—J'aimerais mieux qu'il voie, dit Ahmed. Et combien de temps le spectacle dure-t-il?

—En moins de deux jours, les rats ont nettoyé et poli les os et exhibé une tête de squelette sur un corps vivant, et qui peut vivre encore un jour, car aucun organe essentiel au fonctionnement de la machine n'a été attaqué, et on lui infiltre, au besoin, quelque réconfortant. Soliman d'Alep, l'assassin de Kléber, vécut trois jours empalé.

—Et tu dis qu'on inflige ce châtiment?...

—Aux traîtres!

—C'est bien, mon fils, ton histoire m'a fait oublier l'heure lourde. Merci, et que Dieu soit loué!

II

Sur le bord de l'abîme où, à une profondeur de plus de trois cents pieds coule le Rummel, dans la partie sud-est de la ville faisant face au plateau de Mansourah, se trouvait encore, il y a quelques années, un amas de vieilles maisons mauresques, aux fondations assises sur des pans de murailles, gigantesques débris romains. L'une de ces maisons, accrochées littéralement au-dessus du gouffre, appartenait à Ahmed-ben-Abderrahman, et, quelques mois après son mariage, prétextant des réparations dans son habitation ordinaire de la rue Sidi-Nemdil, il y emmena Hadjira avec une servante, son nègre Salem et un homme des Ouled-Khelif qui avait été son chaouch au temps de son commandement à l'oasis de Ouargla.

L'on sait que des galeries souterraines coupent en plusieurs sens le rocher de Constantine, taillées autrefois pour servir de refuge aux enfants et aux femmes en cas d'assaut, pour emmagasiner les grains en cas de siège.

Un écrivain arabe du douzième siècle, le géographe Mohamed El Edrisi prétendait que le blé y était resté souvent plus de cent ans sans altération. Quoi qu'il en fût, ces caves ne servent aujourd'hui qu'à loger des légions formidables de rats.

La demeure où s'installait provisoirement l'ex-caïd de Ouargla communiquait à l'une de ces entrailles du rocher, et de l'autre côté de la titanesque cassure, on peut encore, en s'avançant sur le précipice, distinguer à demi caché par les lichens et les éboulements de pierres, le voussoir de la galerie ouvert sur l'abîme.

Or, une nuit, la divine Hadjira se réveilla en sursaut, oppressée par on horrible cauchemar; elle avait cru entendre une voix en détresse, celle de son amant qui prononçait lamentablement son nom. Elle étendit les bras et sentit la rude barbe du mari, le maître légitime.

Il était penché sur elle et dans l'ombre elle voyait les yeux du vieux luire comme des yeux de fauves.

Alors, toute craintive, elle se pelotonna, n'osant plus remuer, retenant son souffle, mais ne pouvant retenir les battements de son coeur.

—Qu'as-tu? demanda Ahmed, tu trembles comme un haïk secoué par le vent, et ton coeur imite les roulements saccadés du tam-tam.

—J'ai peur!... N'as-tu pas entendu crier?

—Ce sont les chacals de Sidi-Mecid qui cherchent pâture sur les pentes du Mansourah.

Et il prit la belle Hadjira, et, lui appuyant la tête contre sa poitrine, il la berça comme un enfant que veut calmer sa nourrice, lui caressant doucement les seins.

—Dors, ma bien-aimée, dors.

—On crie, répéta-t-elle; oui, je le jure sur le prophète, des gémissements sortent de terre. Oh! Ahmet Ben Abderrahman, pourquoi m'as-tu conduite ici? Cette vieille demeure est hantée; des *djenouns* maudits l'habitent.

—Paix, douce gazelle! Qui peut troubler ainsi ton âme, que des voix sinistres éclatent à ton oreille à l'heure où ne veillent que les voleurs, les gardes et le remords.

—Je n'ai pas de remords, répondit Hadjira.

—Alors, fuis le chagrin. Il ronge plus que la fièvre.

—Je n'ai pas de chagrin.

—Evite donc l'insomnie. Elle ternit l'éclat des yeux et, plus que le temps, creuse des rides et flétrit les visages.

La jeune femme se tut de crainte d'amener d'autres questions indiscrètes, car depuis huit jours elle versait à la dérobée des larmes silencieuses.

Le bel amin El Ascoub, le chéri de son coeur, la trompait—elle s'en était aperçue—avec sa servante Aïcha, moins jeune et cent fois moins jolie qu'elle et cependant pour El Ascoub elle bravait son mari et se mettait en danger de mort.

—Ah! les hommes! tous ingrats et traîtres!

Et depuis huit jours elle attendait le coupable. Elle voulait l'injurier, lui reprocher sa trahison, lui cracher à la face, mais elle ne l'avait plus revu.

Où était-il? Que faisait-il? Les devoirs de la magistrature ne pouvaient le retenir ainsi! Et, du reste, l'avant-veille encore, elle l'avait entendu en bas, dans l'antichambre aux bancs de pierre, s'entretenir avec son époux. Le voir, ne fût-ce qu'un instant; elle oublierait ses colères, sa trahison, le mal étrange qui la tourmentait... et elle oubliait tout pour ne songer qu'au bien-aimé. Car l'épouse engagée dans la mauvaise route est bientôt frappée d'aveuglement et heurte à chaque pas son pied aux mensonges et aux turpitudes.

Et l'aube rougissait le ciel derrière les lignes sévères du Mansourah que ses beaux yeux étaient encore ouverts et que les larmes en mouillaient les cils. ——

—Joie de mes prunelles et de mon coeur, lui dit le lendemain Ahmed, mon vieil ami le caïd des Ouled-Ganem m'invite à la noce du plus jeune de ses fils. J'emmène mon chaouch, et resterai absent huit jours. Mais si mon corps part, ma pensée demeurera près de toi.

—Ta pensée n'est pas une sauvegarde, répondit Hadjira. O monseigneur! sans toi, que vais-je devenir dans cette maison sinistre, seule avec Aïcha et ton nègre Salem?

—El Ascoub rentrera ce soir. Il est mon ami et mon fils, et à qui puis-je mieux confier la garde de mon plus cher trésor?

—Tu es le maître et mon seigneur, et tu fais ce qu'il te plaît.

Et elle baissa les yeux humblement pour voiler la joie qui les remplissait d'étincelles.

«Ah! ah! Quelle nuit d'ivresse. El Ascoub! El Ascoub! rester avec lui des heures et des heures! Dormir sur son sein. L'entourer de ses bras! Mais avant, quelle douce querelle! Comme elle allait le torturer un peu, le bouder, et ne pas vouloir pour que soit plus délicieuse la réconciliation!»

Avant le coucher du soleil, elle accompagna jusqu'à la porte Djebbia Ahmed ben Abderrhaman. Le vieux caïd et son serviteur, montés chacun sur une bonne mule, devaient se reposer de l'autre côté du village d'El-Kroubs, pour arriver le lendemain soir chez les Ouled-Ganem, et lorsqu'elle les eut vu disparaître derrière le premier tournant de la route, elle rentra bien vite et se fit parer par Aïcha, lui recommandant de ne rien négliger pour la rendre plus belle. La servante teignit ses mains et ses pieds de *henna*, réunit ses sourcils et agrandit ses yeux avec le *koheul*, puis l'habilla d'étoffes légères, et toutes deux attendirent.

Le nègre Salem veillait en bas, près de la porte.

Vers dix heures on frappa.

—C'est lui, dit Hadjira.

Et Aïcha répéta: C'est lui.

Cependant pour en être plus certaine, la servante cria du haut de l'escalier:

—Qui a frappé?

—Sidi el Ascoub, répondit Salem.

Le coeur de la belle Hadjira battait furieusement. Elle s'était étendue dans une pose voluptueuse, sur les larges coussins du lit conjugal, et, sous la douce clarté d'une petite lampe d'albâtre, se dessinait la ligne onduleuse des reins et des seins blancs comme l'ivoire.

—J'ai à lui parler; qu'il monte! dit-elle.

Et Aïcha répéta cet ordre à Salem.

On entendit dans l'escalier de pierre un bruit étrange. C'était comme un frôlement de spectres avec des plaintes qui n'avaient rien d'humain.

La *frechia* tendue sur la porte fut soulevée, Hadjira se dressa d'un bond sur sa couche, et la servante effrayée se réfugia près d'elle.

Deux hommes entraient, l'un soutenant l'autre; le nègre Salem poussant El Ascoub, et employant toutes ses forces à le tenir debout.

Le jeune *amin* portait le sévère et sombre costume des juges indigènes, et par-dessus, le burnous blanc aux pans relevés, capuchon rabattu sur la face.

—Quoi! qu'est-ce? s'écria Hadjira, furieuse de voir son amant, poussé ainsi par ce nègre; cet esclave est-il ivre? El Ascoub, est-ce toi? découvre ton visage.

D'un brusque mouvement, Salem tira le capuchon, et sur le corps vivant du bien-aimé la divine Hadjira vit paraître une tête de mort.

Elle poussa un cri terrible, et le squelette aussi la voyait et s'efforçait de crier, attachant sur elle un regard de goule, car les yeux brillaient effroyables dans leur orbite; l'ingénieuse vengeance du terrible Ahmed avait su les soustraire à la voracité des rats.

Et le misérable avec des gloussements de bête s'avançait, tendant ses mains tordues par les angoisses de l'affreuse agonie.

—Arrière, cria-t-elle. Au secours! *Les djenouns! les djenouns!*[12]

[Note 12: Les démons! les démons!]

Et, frappée de folie, elle se réfugia dans un coin de la chambre avec des hurlements de folle, tandis que l'autre s'écroulait râlant sur sa couche.

—Qu'on le jette dans le Rummel, dit Ahmed ben Abderrahman qui, du seuil de la porte, assistait à cette scène, les rats d'eau, avant l'aube, auront achevé le reste. Ainsi périssent tous les traîtres. Cependant, dans la Géhenne, ils souffrent plus encore; car aussitôt que leur peau est consumée par le feu, on les revêt d'une autre pour leur faire goûter le supplice. Tel il est écrit dans le Koran glorieux au chapitre des Femmes. Dieu est puissant et sage!

Et le vieux chaouch et le nègre murmurèrent en choeur: Ainsi périssent tous les traîtres! *Amen!*

XIV

LA VACHE ENRAGÉE

I

Tout le monde, je parle de ceux qui ont porté le noble harnais militaire, a goûté, plus ou moins, à la vache enragée, mais il n'en est qu'un très petit nombre qui se soit trouvé dans le cas des officiers et sous-officiers du 4e escadron du 3e spahis, de s'en empiffrer avec délectation.

Et par le fait, si nous fûmes réduits à dévorer la vache traditionnelle, c'était un peu de notre faute. Sous les ordres du général d'Exea, bien avant la miraculeuse découverte des Kroumirs, nous nous étions dirigés sur la frontière tunisienne, entre la Calle et Souk-Arras et nous avions brûlé le pays.

Vous dire pourquoi, j'en serais bien en peine: une poule volée à un colon influent, un coup de *matraque* appliqué par un Bédouin ruiné sur la tête d'un juif voleur, quelques centaines de mille francs à faire passer dans la caisse d'un fournisseur ami d'un ministre, et *pif, paf, boum*, coups de fusil, obus, fusées, coups de canon, coups de sabre et finalement le feu aux gourbis, aux jardins et aux moissons.

Je les vois s'allumer d'ici et j'admire les gracieux et blancs panaches de fumée des longs *moukalas* qui pettent dans la broussaille, et les meules qui flambent, et les haches des sapeurs s'acharnant sur les figuiers, les oliviers et les gros ceps de vigne, tandis que les chevaux des fourrageurs, les jarrets picotés par de petites flammes folles, galopent éperdus au milieu des grésillements des orges et des blés rôtis, *pif, paf, boum!* et les fuyards qu'on sabre tombent en mordant la cendre brûlante de ce qui était leurs épis blonds.

A ces souvenirs de jeunesse, mon coeur racorni se dilate, et je chauffe mes rhumatismes d'antan.

Oui, oui; brûlé le pays pour la poule de M. le maire, cousin de M. le député, incendié les villages, les moissons, les oliviers, les jardins, pour une tête bosselée d'usurier juif; écrabouillé des centaines de pauvres diables, pour donner à M. le fournisseur, gros bonnet de Constantine, l'occasion de se débarrasser en faveur du corps expéditionnaire de chaussures à semelles de carton et de vieux lard qui moisissait en magasin. Ah mais! nous sommes comme ça, nous autres, et à l'égard de sauvages gens civilisés ne font pas tant de façons!

Mais voilà! plus rien autour de nous! Et la razzia avait été nulle, les troupeaux filaient bien avant l'attaque, et, lancés à leur poursuite à plus de deux lieues de la colonne, nous dûmes faire halte à la frontière.

La nuit était venue, et, le ventre vide, nous attendions anxieusement en nous grillant les jambes aux feux du bivouac quelque ravitaillement qui nous tombât du ciel; mais le Dieu des chrétiens a épuisé ses réservoirs depuis la manne qu'il fit pleuvoir dans le désert pendant quarante années, au temps où il était le Dieu des juifs.

Nous murmurions donc sourdement comme les Hébreux avant l'arrivée miraculeuse des cailles dans le camp, et nos murmures s'adressaient surtout à la mère *Fortenpoil*, robuste matrone quadragénaire, épouse d'un honnête gargotier de la Calle et qu'on appelait aussi suivant l'occasion *Fortenreins ou Fortengueule*. Ces surnoms n'ayant pas besoin d'explication, j'ajouterai simplement qu'elle suivait l'expédition en qualité de cantinière civile et libre et qu'elle nous avait promis le matin même un plat friand après la journée chaude.

Nous la vîmes trottiner quelque temps à nos trousses, puis elle disparut dans la bagarre avec sa mule et ses cantines sans crier gare ni dire où elle allait.

—Elle a dû passer à l'ennemi, disait en riant le lieutenant de Pracontal; elle est grasse et dodue et le caïd de Roum-el-Souk lui aura fait des propositions avantageuses.

—Non, répondit le capitaine Fleury, elle a trop de moustache et le caïd *Salah* est comme le juge d'instruction de Souk-Arras, il n'aime que les imberbes.

—De la vache enragée! dit piteusement le petit sous-lieutenant Clapeyron qui venait de se casser une dent sur un morceau de bouc brûlé apporté triomphalement par un spahis; je préférerais du pain sec et un oignon.

—Du pain et un oignon! Vous n'êtes pas dégoûté, s'écria le commandant Rambaut. Taisez-vous, vous nous faites venir l'eau à la bouche.

—Oh! si la mère Fortenpoil arrivait seulement.

Et ils continuèrent à mordre dans leur quartier de bouc. ——

De quoi se plaignaient-ils, ces gaillards? Les pauvres sous-off étaient plus mal partagés encore, n'ayant ni pain, ni oignon, ni bouc brûlé à se mettre sous la dent, pas même les débris de galette noire et la demi-douzaine de dattes sèches, menu habituel de nos spahis; non, rien à fricoter sur la vache enragée légendaire, rien que leurs mollets à rôtir, et qu'ils rôtissaient avec rage, tandis que, non loin de là, MM. les lieutenants, mis en humeur par leur bouc, appelaient, sur l'air des Lampions, la mère Fortenpoil pour leur verser à boire:

«Fort-en-poil!»

«Fort-en-poil!»

Ce à quoi d'autres ajoutaient la variante:

«Fort-en-reins!»

«Fort-en-reins!»

—Appelez, appelez, dit une voix creuse, causez toujours!

Et peu à peu sortant de l'antre, parut dans les clartés de la flamme la tête de Jacobot.

La moustache hérissée, la trogne d'ordinaire enluminée, maintenant blafarde, le chechia en tuyau de poêle, le sourcil en accent circonflexe et l'oeil en point d'interrogation, il nous regardait.

Vous ne connaissez pas Jacobot, mais il était bien connu dans les six escadrons où il avait successivement passé, chassé de chacun pour ivrognerie chronique. Entré au corps en qualité de trompette, venant des chasseurs d'Afrique où il aurait été infailliblement renvoyé sans le commandant Rambaut, qui tenait à ce diable d'homme, car à son talent de trompette il joignait celui de cuisinier, mais de cuisinier d'une habileté sans pareille, non pas dans l'art vulgaire prôné par le baron Brisse d'accommoder les restes, mais dans celui beaucoup plus rare et digne d'admiration de créer quelque chose avec rien, de confectionner des potages exquis avec l'herbe des champs et de transformer les pommes de terre en truffes.

Cependant, comme il était d'une non moins grande habileté à faire sauter l'anse du panier et le bouchon des bouteilles, le commandant l'avait remercié de ses services, ne réservant son concours que pour les grandes occasions.

A la lueur du brasier, il examina l'une après l'autre nos longues mines déconfites d'affamés, et se mit à rire silencieusement en ouvrant sa bouche jusqu'aux oreilles. Ce rire énigmatique nous troubla.

—Eh! Jacobot, rien à manger?

Il cligna de l'oeil d'un air mystérieux.

—Cela dépend, répondit-il.

Nous levâmes la tête.

—Cela dépend de quoi?

—Du nombre de litres de vin que vous m'offrirez à notre rentrée à Bone ou à la Calle.

—Un litre par tête, dit le *marchef*, cela te va-t-il?

—Beuh! si j'allais à la tente des *Kebirs*, ils m'en offriraient deux et même trois; mais je les boude; va pour deux litres par tête, et vous aurez la préférence.

—Ça fait douze litres que nous te devrons. Entendu. Et que vas-tu nous fricasser?

—Un plat exquis que je tiens directement de la mère Fortengueule. Vous allez vous en lécher les babines.

—Alors, sers chaud et vite.

—Oh! oh! comme vous y allez, chef! On voit bien que vous n'êtes pas initié à l'art culinaire. Il me faut deux heures au moins. Mais vous verrez d'ici là le nez des *kebirs*, qui sont en train de se décrocher la mâchoire avec leur bouc décédé de vieillesse, s'allonger de ce côté à l'odeur du fricot.

Et il s'éloigna rapidement.

II

Manger à sa faim après un jeûne, mordre dans une succulente chair, se rassasier et dire avec l'Arabe: «Dieu soit loué, mon ventre est plein», est un de ces plaisirs qu'on apprécie d'autant qu'ils sont plus rares, mais cette nuit là nous fumes particulièrement satisfaits et notre bouche, comme eût dit Brillat Savarin, s'inonda de délices.

Ah! les bonnes tranches onctueuses! Ah! les friands morceaux! la copieuse tripée que nous dégustions? Qu'était-ce? Nous n'en savions vraiment rien; on ragoût fumant, largement épicé, ni trop gras, ni trop maigre, entrelardé, savoureux, à point, une invention de Jacobot prouvant une fois de plus la vérité de cet aphorisme du seul magistrat dont après Montesquieu la France puisse s'honorer: «La découverte d'un mets nouveau fait plus pour le bonheur du genre humain que la découverte d'une étoile.»

On s'en léchait les doigts, on riait, on disait: «Encore! encore!» On ne voulait pas en laisser. On fut obligé d'en laisser cependant, tant la gamélée avait été comble, et pris, de la louable générosité et de l'amour du prochain qu'infuse dans le coeur une douce digestion, nous envoyâmes les reliefs du festin dans la tente voisine où se morfondaient les brigadiers, réveillés par l'odorant fumet des viandes et la bruyante joie de nos faims assouvies, et ouvrant dans l'ombre yeux et narines.

—Qu'est-ce qu'il y a? Qu'est-ce qu'on fricotte? Eh! eh! on se nourrit bien ici; tonnerre de Dieu! ça sent bon! Ah! ah! c'est Jacobot! D'où avez-vous tiré ce *freschteak*? Où diable at-il trouvé à *chaparder* de la viande, ce rossard?

C'était le gros commandant Rambaut qui réveillé, lui aussi, s'avançait par l'odeur alléché.

—Pardon, mon commandant, répondit ce trompette digne de passer maître-queux au service d'un archevêque, c'est un plat, je ne dirai pas de mon invention, car la mère Fortenpoil m'en a fourni les ingrédients et la recette, mais j'ai fait de mon mieux... Et si vous le désirez, mon commandant je puis vous en servir demain un pareil pour la popote.

—Tu as donc de la viande?

—Je ne m'appellerais pas Jacobot, *le cuisinier royal*, si je ne savais où en trouver. Seulement c'est loin, et il fait soif.

—On t'abreuvera, ivrogne. Pars de bonne heure et reviens de même; la popote compte sur toi.——

Et la popote eut raison d'y compter. Jacobot que l'éducation politique ni la vie boulevardière n'avaient pourri, ne donnait jamais sa parole en vain.

Le pansage à peine terminé, MM. les officiers s'assirent en rond sur la nappe grise des sables, s'emplissant, sous formes de sortes de petits pâtés, de joies véritablement célestes; des petits pâtés tout chauds, dorés, croustillants, feuilletés, braisés, fondants, onctueux, et, rien qu'à les voir, les lèvres, comme à l'aspect des joues d'une jolie fille, s'humectaient de désirs.

Ils s'occupaient à savourer ces félicités lorsque les spahis de garde signalèrent un mulet et des cantines surgissant à l'horizon. On pensa d'abord que c'était Mme Fortenpoil arrivant avec ses victuailles, et on se préparait à l'apostropher avec toute l'arrogance de ventres bien garnis, lorsqu'on s'aperçut que c'était seulement son époux, escorté de deux cavaliers du goum.

—Ah! vous êtes un fameux gaillard! un joli coco! Vous arrivez comme le marquis de Choseverte, trois heures après la bataille. Vous pouvez bien tourner les talons et remporter votre lard pourri. Avez-vous du liquide, au moins?

—Un ravitaillement de douze bouteilles messieurs! répondit le cantinier. Mais vous n'avez pas vidé le petit baril que ma femme vous a porté hier, je pense? Eh! eh! voilà des petits pâtés qui m'indiquent que la bourgeoise n'est pas loin.

—Votre femme! mon pauvre Fortenpoil, nous n'avons même pas aperçu l'ombre de ses moustaches. Ces petits pâtés sont l'oeuvre de ce brave garçon, ajouta le commandant Rambaut en désignant Jacobot, qui baissait les yeux d'un air modeste, et, sans lui, nous crevions de faim.

—Pas vu ma femme, s'écria le mercanti, mais alors où est-elle? Ah! la garce, elle ne m'en fait pas d'autres. Elle a emporté avec elle un jambon première qualité et des conserves que je vous destinais, Messieurs, et que j'ai pris soin d'empaqueter moi-même; je parie que la coquine a filé avec les turcos. Oui, Messieurs, à part ce vin, elle a tout raflé, et tel que vous me voyez, je n'ai pas mangé depuis hier.

—Et nous, nous mourons de soif. Restaurez-vous avec quelques petits pâtés, Fortenpoil; Jacobot va sortir les bouteilles.

—Ce n'est pas de refus. Ah! Messieurs, quelles viandes succulentes. Jacobot, je vais monter un restaurant à Bône, et, après votre congé, je vous retiens comme chef. La coquine de femme, elle peut dire qu'elle me met dans des transes, soupira le colon en avalant une énorme bouchée. Mais la bouchée faillit lui rester dans la gorge, car, au même instant, venait d'arriver, au petit trot, sur une bique efflanquée et boiteuse, un troisième cavalier du goum, qui criait de toutes ses forces:

—*Li madama* dans *li* ravin, *li madama* dans *li* ravin!

—Qu'est-ce que tu chantes? Quelle *madama*?

—*Li madama mercanti*, répliqua le Bédouin en désignant de la main le lit desséché d'un torrent creusé à deux portées de fusil, dans le sol crayeux, derrière une rangée de lauriers roses.

Nous y trouvâmes en effet Mme Fortenpoil. Couchée sur le ventre, la tête sous une touffe d'alpha, comme si elle cherchait l'ombre elle paraissait dormir d'un profond sommeil—le sommeil dont on ne se réveille plus.

Le front avait été ouvert par une pierre de silex et la cervelle coulait par l'ouverture formant une petite mare sanglante et grisâtre, couverte de mouches, et que le soleil du matin desséchait déjà.

On eût pu croire à un accident; mais à quelques pas, le barilet crevé, le vin répandu et les cantines effondrées et vides prouvaient que les Bédouins avaient assassiné la cantinière.

—Oh! ma pauvre femme! s'écria le mercanti.

—Et ils l'ont violée selon leur coutume, dis-je en désignant du bout de mon fourreau de sabre des traces de mains ensanglantées qui s'étaient essuyées sur la robe.

—Pis que cela, s'écria le cantinier qui, étonné de l'aspect insolite que présentait ce corps couché et cherchant s'il n'y avait pas d'autre blessure, venait de soulever les jupes; pis que cela, messieurs, voyez!

—Quelle baroque idée ont eue ces sauvages! s'exclama le commandant, quand elle fera l'appel de ses membres au jugement dernier il lui manquera l'arrière-train. Où diable est-il?

Mais tout à coup une pensée subite lui traversa l'esprit, et, montant en jurant à cheval, il galopa jusqu'au camp.

—Misérable! cria-t-il en apercevant Jacobot, très-absorbé dans le frottement d'une marmite, qu'as-tu donné à manger aux sous-officiers, cette nuit, affreux cochon? Et à nous, ce matin?

—Cochon, cochon, grommela l'ivrogne, qui avait donné de fortes lampées au vin récemment venu, on ne l'a pas trouvé cochon quand on s'en est léché les pouces jusqu'au coude.

—Qu'on l'empoigne et qu'on l'attache! hurla le commandant suffoqué de dégoût et de colère et, s'adressant aux officiers, aux maréchaux-de-logis et aux brigadiers qui accouraient: Savez-vous ce que le gueux nous a fricassé à tous? Les fesses de la mère Fortenpoil! le misérable! les fesses de la mère Fortenpoil!

———

—Une bonne femme, tout de même, soupire parfois encore son veuf, devenu gros hôtelier de Bône et l'heureux possesseur d'une nouvelle hôtelière jeune et jolie, une bonne femme tout de même, mais mal embouchée.

Et il conclut généralement ainsi devant ses clients, auxquels il ne manque jamais de raconter son histoire, lorsqu'il est en bonne humeur:

—Les petits pâtés étaient excellents et le ragoût aussi, dit-on, mais c'est égal, bouah! voilà ce qui s'appelle manger de la «vache enragée.»

XV

FÊTE IMPÉRIALE

Depuis le matin, monté sur le mamelon d'El-Kouffa, le lieutenant Clapeyron fouillait les profondeurs de la plaine, mais il avait beau mettre à tous les points sa lorgnette, il ne voyait rien venir sur le chemin grisâtre qui noyait ses zigzags dans les profondeurs du bleu. Cependant, la petite *commandante* avait promis d'être au Bordj avant dix heures; mais qui peut se fier aux promesses et à l'exactitude des femmes et surtout d'une Parisienne! car c'était une Parisienne et une vraie, toute blonde, toute gracieuse, toute charmante, toute jeune et jolie, celle qu'on attendait et qui allait, vaillante comme les filles de sa race, rejoindre son mari dans la région des sables.

Et on peut dire que jamais Juifs n'attendirent avec plus d'impatience le Messie que les officiers du Bordj la délicieuse petite épouse du commandant supérieur de Tuggurt. Car une fête sans femme, c'est une mer sans voiles, une tête sans cheveux, un repas sans vins, un oeil sans rayons, des lèvres sans sourire, enfin l'amour absent de la vie.

On avait bien, il est vrai, convoqué les beautés de la Smala; et spahis, goumiers, sheiks, et jusqu'au caïd Ali, désireux de plaire au commandant du Bordj, avaient à l'envi amené épouses, filles et soeurs; mais de Bédouines, on en voyait assez l'année durant, et ce qu'il fallait, c'était une Française pour présider la fête. D'ailleurs, toutes ces filles de Fathma, le visage caché, et enveloppées comme des fantômes, ce qui est irritant pour les amateurs aimant à recueillir l'encouragement tombant de lèvres rieuses, ces mauresques roides et impénétrables comme des sphinx de pierre, ne rompent leur solennel mutisme que pour lancer des *you-you* de commande semblables à des bâillements coupés.

Le capitaine Fleury voulait des stimulants plus gais. De *moulaïas*, de *foutahs* et de musc, on était fatigué jusqu'à l'écoeurement; on aspirait aux crinolines et au patchouli, la crinoline savamment troussée, découvrant le bas immaculé et le mollet doux à l'oeil, la crinoline impériale, invention raffinée de la merveilleuse souveraine qui trônait dans des flots de gaze et de soie au palais des Tuileries.

Les Tuileries! nous en étions loin, là-bas, sur les confins du *Bled-el-Djerid*, et c'est pourquoi nous aspirions à humer, au moins une fois l'an, dans le balancement des jupes empesées, quelque parfum de la patrie.

Quand je dis qu'on manquait de crinolines, j'exagère; il s'en épanouissait un tas aux alentours du Bordj, mais pas présentables. D'abord: *Fifi-la-Gouapeuse*, qui lorsqu'elle s'attardait par les sentiers bordés d'aloès laissait l'odeur de son haleine absinthée; *Paquita l'Écumoire*; Zizi dite *Caniche*; *Blondinette Riche-en-Gueule*, *Camélia Richepanse et Dolorès la Plumée*. Toutes ces dames, *épouses* des *mercantis* campés, cantonnés, enhutés sous les murs du Bordj, faisaient en temps ordinaire l'ornement du pays et la joie de la garnison, mais on ne pouvait songer décemment à déparer la cérémonie de ces crinolines souillées.

Il fallait une femme honnête, pour représenter le pays, une Française sans reproche, et c'était celle-là, qu'en vedette sur le chemin de Biskara, le petit lieutenant Clapeyron attendait, car depuis huit jours le bureau arabe de cette ville avait prévenu du passage de la jolie visiteuse qui gracieusement acceptait l'honneur de présider la fête, d'assister aux joutes et de distribuer les prix.

Joutes et jeux et fantasia! Le général Desvaux avait donné des ordres pour que, dans ce poste avancé, rien de ce qui pouvait éblouir et charmer les indigènes ne fût négligé. Il devenait urgent, chez ces tribus indécises et remuantes, de rendre populaire le nom de l'Empereur: double paye aux spahis et aux mokalis, un franc par tête et un burnous neuf aux cavaliers du goum, régals et traitements princiers aux caïds et aux sheiks, tandis que pour les formidables appétits de la foule, rôtissaient, embrochés sur des brasiers immenses, des guirlandes de moutons et de boeufs.

Aussi, avec des faims d'une année, tous les douars d'alentour accouraient à cette ripaille homérique.

Ah! les vaillants coups de dents et les grands remuements d'infatigables mâchoires! le mirifique tableau!

Il fallait voir les longs doigts osseux et bruns de ces gueux, et les petites mains maigres des enfants hâves, et les têtes et les cous et les torses tendus vers le boeuf décroché et porté fumant, grésillant, onctueux et tout parfumé de son savoureux jus au milieu des groupes avides.

Comme les ongles le dépècent en longues bandelettes, comme les faces s'épanouissent, comme on l'engloutit par bouchées gourmandes. Voilà la carcasse rongée, nettoyée, raclée comme après le passage d'une bande de chacals. Ce n'est pas assez; à coups de pierre on broie les os pour en extirper la moelle ne laissant aux chiens efflanqués accourus, eux aussi, à la ripaille, que des tibias vidés.

Après, un mouton, et encore après, un boeuf et après ceux-ci d'autres et toujours ainsi jusqu'au moment où le couchant se teint de la couleur des cuirs de Cordoue, et que tout ce peuple, dévoré par la taille, la corvée, la taxe, la surtaxe, l'impôt de paix, l'impôt de guerre, autant et plus que ne le furent jamais les serfs de la glèbe, s'allonge et digère dans la plénitude de l'estomac enfin repu, et oubliant la longue faim qui a tordu ses entrailles, dans sa joie de brute satisfaite et sa reconnaissance du ventre pour un jour gorgé, crie à l'image du César, emblème des maîtres qui toute l'année l'affament:

Vive l'Empereur!

Une fête sans pareille comme nul de là-bas n'en avait vue. On en parlerait longtemps dans les hauts plateaux du Tell. Courses en sac, courses à cheval, courses à âne et le reste; et fantasias, et coups de fusil, et un spectacle extraordinaire destiné à émerveiller ces hommes naïfs, lequel spectacle serait suivi d'une distribution générale de burnous, haïks, *berimas*, chechias, aux nécessiteux, c'est-à-dire à tous.

Déjà de longues pétarades déchiraient les échos, les chevaux impatients mordaient le frein et piétinaient le sol, les *djellals* brochées d'or flottaient sur les croupes et les regards anxieux se tournaient vers la route de Biskara ne voyant rien venir.

Un peu avant midi, on vit arriver Clapeyron, tout triste et découragé, avec ses spahis. Au lieu de la séduisante commandante, il ramenait un vieux *chaouia* porteur d'une dépêche. Elle annonçait que la dame indisposée retardait son voyage d'un jour.

Que faire? On ne pouvait cependant reculer la fête, remettre au lendemain et changer la date solennelle. Tout était prêt. Le beau caïd Ali, sous-lieutenant à l'escadron, attendait avec ses mokalis, son gynecée, ses chameaux et son goum. Et tous les chefs du Bou Djellell au Djebel Hanmarah, arrivés de la veille, fronçaient le sourcil sur leurs chevaux frémissants.

—Diablesses de femmes, avec leurs indispositions! s'écria le capitaine Fleury en mâchant son cigare avec rage, la fête de l'Empereur sera ratée. Ça n'arrive qu'à nous, ces guignons-là!

Mais soudain, il se frappa le front. Il venait de songer à Mme Michu.

Ce n'était pas la première venue que Mme Michu, mais l'épouse légitime de M. Michu, entrepreneur des travaux du Bordj, colon sérieux, homme d'importance, maire honoraire du village naissant.

Devant rester au moins six mois pour l'achèvement des travaux et, désireux de charmer son exil, il avait récemment appelé de Constantine son épouse.

Comme position régulière, morale et sociale, elle ne laissait donc rien à désirer et comme femme c'était une grosse brune, encore désirable. Un fin duvet très marqué ornait sa lèvre vermillonne, un renflement très accentué le haut du buste et le bas des reins.

On n'affirmait pas que c'était une vertu; là-bas, vertus ne poussent pas comme chiendent et s'il fallait en croire la chronique, elle avait planté autant de cornes sur la tête de Michu qu'il poussait d'oliviers dans la forêt des Adjouzes; on allait même plus loin: on parlait d'une innocence effeuillée jadis dans diverses maisons suspectes. Mais où en serions-nous s'il fallait s'en rapporter aux dires! Puis, dans la plaine du Souf, on est bien obligé de passer la jambe à certains préjugés qui font courber les têtes dans celle de Saint-Denis.

Après tout, c'était l'affaire de Michu. Il avait voulu couvrir le petit cadavre du passé de sa femme sous les fleurs d'oranger, pouvions-nous être plus exigeants que lui!

Parbleu la brave dame arrivait comme marée en carême, et le capitaine en personne alla sans plus tarder l'inviter à présider la fête.

Elle se fit un peu prier, par modestie, et vexée sans doute qu'on n'y eût pas songé plus tôt, mais finalement accepta, toute suffoquée de joie, et on la conduisit en pompe sur l'estrade où elle s'assit avec une grande dignité.

Attiffée de ses plus beaux atours, couverte d'or comme un général persan, bien conservée en dépit des assauts sans nombre et de trois douzaines d'étés sous le ciel africain, riche en chair et en couleur, montrant épaules de portefaix et croupe de jument limousine, elle souleva dans la foule un murmure d'admiration.

Koulouglis, Chaouias, Bédouins, tous amateurs de grasses viandées, ouvraient sur la superbe présidente des yeux ardents et goulus, tandis que les Français, officiers et spahis, montraient visiblement que si les bouchées eussent été permises, nul n'était disposé à laisser aux camarades sa part.

L'estrade d'honneur se dressait au fond de la grande cour du Bordj, où se pressaient deux mille Arabes. Le capitaine Fleury avait royalement fait les choses. De riches tapis de Tunis, prêtés par le caïd Ali en couvraient les escaliers, et les côtés étaient tendus de *frechias* multicolores où s'accrochaient des trophées de guerre. Mais le fond surtout excitait l'admiration de tous. Au centre d'un soleil formé de lames de yatagans et de sabres, s'épanouissait en plâtre doré le buste impérial, et au-dessous, en caractère d'or et en langue Arabe, s'étalait sur une bande rouge cette fière devise: *Il éclaire le monde.* Des étendards entre-croisés couronnaient le tout.

Officiers et chefs indigènes, drapés majestueusement dans leurs burnous écarlates, garnissaient le haut de l'estrade, et, un peu plus bas, s'échelonnaient assises sur des *taharas* les femmes et les filles des *kebirs*, impassibles et graves sous leurs voiles et leurs moulaïas de soie comme des statues du Mystère. Près d'elles, s'amoncelaient les prix: armes, *djebiras*, longs éperons aux attaches brodées d'or, étriers damasquinés, ceintures et turbans brochés, thémaques luxueuses, foulards et haïks.

Consciente de son importance, fière et solennelle, Mme Michu trônait sur cette assemblée. Des nuages cependant commençaient à tacher l'azur de sa joie intime; de petites pointes acérées s'enfonçaient dans son coeur.

En bas, à ses pieds, perdues dans la foule vile, elle se sentait des ennemies. Des regards hostiles s'attachaient obstinément sur les siens, la troublaient, l'emplissaient de malaise.

C'était *Fifi la Gouapeuse, Paquita l'Écumoire, Zizi Caniche, Blondinette Riche-en-Gueule, Camélia Richepanse* et *Dolorés la Plumée.* Que pouvait faire à son triomphe cette troupe misérable et dédaignée; ces concubines immondes de colons *marécageux?* Hélas! elle venait de reconnaître en elles des amies de jeunesse, au temps où comme elles, vierge folle, elle jetait ses jambes en l'air et son jupon par-dessus les moulins, et ces délaissées, ces humiliées, ces déclassées, dévisageaient la nouvelle venue, la parvenue triomphante, avec des yeux envieux et mauvais.

Blondinette Riche-en-gueule interpelait *Fifi la Gouapeuse*, ricanait même tout haut et Mme Michu entendait de ces mots qui font jaunir les visages.

Misères! Être salie ainsi dans sa gloire; entendre des roquets hargneux à ses trousses quand on s'avance vainqueur! Si Mme Michu avait eu quelque littérature, elle se fût souvenue que les triomphateurs romains subissaient l'affront d'un insulteur gagé, attaché à leur char, et se fût consolée; mais Mme Michu ignorait l'histoire et elle fut prise de grande honte et d'une sourde colère qui lui donna de terribles démangeaisons dans la langue et les doigts et se retint pour ne pas crier: «Tas de salopes, fichez le camp ou je descends vous crêper le chignon.»

Elle se tourna vers son époux Michu qui, grave et gourmé, ceinturé de son écharpe-municipale et cravaté de blanc, lui parut plus laid et plus bête que jamais: «Imbécile allait-elle lui dire, voyez donc ces créatures!» mais le petit lieutenant Clapeyron la regardait et le capitaine Fleury lui faisait des yeux tendres.

Alors elle sourit, et les jeux commencèrent. Tout marchait à souhait et Mme Michu, absorbée par l'importance de son rôle de distributrice des récompenses, oubliait ses infimes ennemies, lorsque tout à coup il se fit un grand bruit vers la porte, et deux spahis, le fusil haut sur la cuisse, entrèrent en caracolant dans le Bordj.

Puis, presque aussitôt, une jeune dame blonde et charmante, la tête couverte d'un grand chapeau de paille et le corps enveloppé d'un burnous de soie, parut, assise sur une mule blanche, escortée d'un groupe de cavaliers arabes.

Les officiers descendirent avec empressement l'estrade, et perçant la foule, allèrent saluer la jolie femme du commandant de Tuggurt, sur laquelle on ne comptait plus.

En coquette Parisienne, elle arrivait toute parée pour la fête, ayant fait sa toilette à un demi-kilomètre du Bordj, sous une des tentes du caïd Ali et, resplendissante, adorable, mignonne, s'excusant de venir si tard, elle accepta le bras du capitaine Fleury et gravit lestement, devant les hommages des sheiks et des caïds, tête courbée et main sur le coeur, les marches de l'estrade.

Mais le fauteuil de présidence était occupé, et Mme Michu, pâle et lèvres pincées, s'y tenait ferme, regardant, l'air hautain et sourcil froncé, monter cette rivale maudite.

Alors, le képi à la main, Fleury très embarrassé, s'avança.

—Madame, mille excuses. Mais voici Madame la commandante de Tuggurt qui devait présider la fête...

—Madame n'avait qu'à venir à l'heure, répondit sèchement et sans bouger Mme Michu.

—Oh! certainement, balbutia la jeune femme confuse, j'ignorais... je ne viens pas prendre la place de Madame. Je vais m'asseoir à ses côtés.

—Qu'on aille chercher un second fauteuil, dit le capitaine; nous aurons deux présidentes au lieu d'une, ajouta-t-il galamment; la fête n'en aura que plus de charme.

—Deux présidentes! s'écria Mme Michu, jamais! Je cède ma place à Madame. Aussi bien je ne sais trop pourquoi je me suis commise ici avec toute sorte de monde. Michu, partons.

Elle venait d'apercevoir Fifi la Gouapeuse et Camélia Richepanse ricaner dans le groupe, et Blondinette Riche-en-Gueule entendant ces paroles, cria de sa voix aiguë de faubourienne:

—Allons donc, madame Cochon, ne fais pas ta Sophie. On te connaît. Tu n'étais pas si fière à la *Patte du chat*, rue de l'Échelle, à Constantine, quand tu t'appelais *Marie la Lune*. Eh! Va donc!

—De quoi! de quoi! répliqua Mme Michu.

—Oui, oui, répétèrent les autres, *Marie la Lune*!

—Madame, dit Fleury aux abois, je vous en prie, remettez-vous...

Et comme le bruit continuait et que les *kebirs* et leurs femmes ouvraient des yeux énormes, il cria pour faire diversion:

—Clapeyron! mon ami, enlevez le ballon, lâchez tout.

Ce ballon était le spectacle extraordinaire annoncé; celui sur lequel il comptait le plus pour plonger dans l'admiration les douars de la plaine, et donner aux tribus venues à la fête une haute idée de la France et de son Empereur. On le dissimulait, tout gonflé, derrière les draperies de l'estrade, prêt à s'élever majestueusement au-dessus du trophée impérial entraînant une pièce d'artifice à laquelle travaillait depuis plus d'un mois un garde d'artillerie zélé, représentant l'aigle glorieux d'Austerlitz devant s'allumer et lancer la foudre à vingt mètres en l'air.

L'on ne devait couper la corde qu'à l'instant où le soleil disparaissait sous l'horizon, mais voulant détourner l'attention de l'horrible scandale qui grossissait, le capitaine hâtait le moment.

—Le ballon, répéta-t-il. Enlevez, Clapeyron, enlevez!

—C'est celui de la Michu qu'il faut enlever, cria d'en bas Blondinette Riche-en-Gueule.

—Qu'elle descende, nous nous en chargeons!

—On ne sait pas me faire respecter, riposta Mme Michu ivre de rage. Vous m'embêtez à la fin. Tenez, chipies, le voilà le ballon, et vous tas de mufles, voici le cas que je fais de votre fête.

Et avant qu'il eut été possible de prévoir ce qu'elle allait faire, elle se précipita sur le bord de l'estrade.

En ce moment, le soleil glissait sur l'horizon, et les bâtiments du Bordj noyaient la foule dans leurs grandes ombres crues.

Mais l'estrade placée en face de l'échancrure des deux bastions qui flanquaient la porte principale restait en pleine lumière, et le buste impérial tout empourpré dans la flamboyante auréole de son étoile d'armures étincelant dans le bleu des étendards croisés, fut tout à coup salué par de frénétiques clameurs.

Était-ce bien l'image de César qu'on acclamait ainsi?

Au-dessous, juste au-dessous, les deux reines de la fête nageaient dans un limbe lumineux, mais tandis que les feux de l'Occident caressaient les blonds cheveux de la jeune femme, et semblaient entourer son visage d'une limbe virginale, ils éclairaient sur Mme Michu une toute autre face.

Dos tourné et corps courbé en deux, reprise subitement dans sa furie d'une habitude de sa jeunesse, elle étalait, à la foule interdite, ce que, dit-on, M. Thiers exposa un soir à ses amis entre deux chandelles.

Et dans les splendeurs du couchant, ces grasses chairs éblouissantes parurent pendant une seconde au milieu d'une poussière d'or.

Il y eut d'abord un silence de stupéfaction profonde, puis un formidable cri d'enthousiasme que couvrit presque aussitôt une terrible détonation.

L'aigle d'Austerlitz, maladroitement allumé, partait derrière l'estrade faisant crever le ballon. Et la foule bédouine, inconsciente de ce qui se passait et croyant assister au spectacle merveilleux promis, ivre d'allégresse et de gratitude pour le sultan des Francs qui leur offrait gratis un si réjouissant tableau, acclama les appas de Mme Michu: aux cris mille fois répétés de «*Vive l'Empereur!*» Et s'imaginant que l'autre belle dame était montée sur l'estrade pour donner le même spectacle, et s'indignant de la voir immobile, elle réclama énergiquement cette partie du programme: *L'autre! l'autre! l'autre! A ton tour! à ton tour!*

XVI

AU PAYS DU KIF

«Avez-vous jamais vu la long des murs du Céramique, lorsqu'ils sont frappés dans les premiers jours de l'année par les rayons du soleil qui régénère le monde, une longue suite d'hommes hâves, immobiles, aux joues creusées, aux regards éteints et stupides; les uns accroupis comme des brutes; les autres debout, mais appuyés contre des piliers, et fléchissant, à demi, sous le poids de leur corps exténué?»

Ces spectres qui s'agitent dans les pages fantastiques des contes de Charles Nodier, je les rencontrais chaque jour dans les rues de Constantine, mais ceux que je voyais marcher en trébuchant et enveloppés ainsi que des fiévreux tremblants de froid dans leurs burnous collés sur leurs membres osseux, n'étaient pas comme les hallucinés d'Athènes ou de Larisse des victimes imaginaires de la vengeance des sorcières de Thessalie, c'étaient des possédés heureux ou plutôt inconscients de leur abrutissement, des esclaves abandonnés de leur plein gré, à un maître plus puissant que tous les dieux de l'Olympe, et tous les génies de l'Orient, et toutes les fées de l'Occident, et tous les magiciens et toutes les sorcières, le roi *Kif.*

Longtemps, bien longtemps, je brûlais du désir de pénétrer dans les mystérieux domaines de ce souverain si séduisant qu'on se livre à lui corps et âme; mais il est fermé aux profanes et l'initiation ne peut se faire en un jour; aussi mes tentatives et mes efforts demeuraient sans résultat.

—C'est que tu n'as eu personne pour te servir de guide, me dit mon ami le *Thaleb* El Hadj Ali bou Nahr, homme savant et sage, ayant plus étudié dans le Livre de la vie, éternellement fermé aux sots, que dans les manuels de morale, épicurien-musulman, contempteur des préjugés et des imbéciles, autant qu'amateur de bons vins et de filles jolies.

Quelques jours après, par un soir pluvieux de janvier, comme je m'étais mis à l'abri sous l'auvent d'une boutique indigène de la rue des Mozabites, m'amusant au babil de deux jeunes négresses, en attendant la fin de l'averse, une voix grave s'éleva derrière moi.

—Eh! à quoi gaspilles-tu ton temps, mon fils. Des négresses, fi donc! Laisse ce fruit aux vieillards qui ont besoin de piment. Viens avec moi, je te montrerai mieux.

—Où vas-tu?

—La tristesse tombe avec la pluie et c'est aux gens d'esprit à se distinguer du vulgaire imbécile en ne se laissant influencer ni par les hommes, ni par les éléments. Je vais entreprendre un voyage au pays du Kif, et si tu veux me suivre je t'ouvrirai les portes du paradis.

—De Mahomet?

—Sans doute. C'est le seul séduisant et le seul mis à la portée de l'intelligence humaine, ce qui prouve combien Mohamed fils d'Abdallah, est supérieur à Jésus fils de Joseph. Marchons.

Nous descendîmes dans les bas quartiers où s'était encore conservé intact l'étrange et pittoresque cachet de la vieille cité numide en dépit de l'axiome de Théophile Gautier, que toute barbarie traquée par la civilisation se réfugie sur les sommets, et nous nous arrêtâmes dans une ruelle déserte en face d'une boutique ou mieux d'une niche de six à sept pieds carrés pratiquée dans l'enfoncement de la muraille d'une maison presque croulante. Elle était surhaussée d'environ un mètre au-dessus de la chaussée, et deux vénérables Bédoins crasseux, mais graves et impassibles comme des muets du sérail, assis sur un débris de natte d'alfa, jouaient majestueusement aux échecs. L'un d'eux évidemment le propriétaire, sourit noblement, posa la main sur son coeur, puis la tendit à chacun de nous pour nous aider à escalader l'énorme pierre formant degré, et nous pénétrâmes dans la boutique.

J'ai dit boutique, car la niche ressemblait à tous les réduits où les négociants arabes se livrent aux douceurs du commerce; mais ici rien au dehors, ni au dedans, ne pouvait attirer l'acheteur. Quelques paquets de plantes sèches suspendues à la muraille rugueuse laissaient supposer qu'on se trouvait chez un herboriste, mais un herboriste adonné aux pratiques suspectes et ténébreuses, entrepreneur d'avortements, fabricant de philtres, poseur de ventouses, marchand d'amulettes, demi-sorcier, demi-médecin.

L'aspect général était suffisamment louche. Une simple lampe formée d'un verre ébréché suspendue au plafond par un fil d'archal et où, dans de l'huile nauséabonde, tremblotait une mèche fumeuse, projetait sa faible lueur sur l'échiquier et les joueurs, laissant le reste dans l'ombre.

Ceux-ci d'ailleurs, dès que nous fûmes entrés, ne prêtèrent plus la moindre attention à nous et s'absorbèrent dans leur partie. Aussi, sans autre préambule, nous avançâmes dans l'autre et c'en était bien un, en effet, car faisant brusquement un coude, il s'enfonçait dans des profondeurs ténébreuses qu'une seconde lampe empestée rendait plus caverneuses et plus funèbres.

De l'extrémité invisible du souterrain arrivait un faible bruit de musique, tarbouka et flûte dont les notes bizarres paraissaient d'autant plus extraordinaires qu'on ne s'expliquait pas d'où elles sortaient. Mais comme j'allais tâtonnant la muraille écaillée et suintante, je sentis bientôt sous ma main une porte que mon cicérone poussa, et nous nous trouvâmes engagés dans un autre couloir du fond duquel jaillissaient la lumière et le bruit.

Un lourd rideau taillé dans un vieux tapis de Tunis fermait l'entrée d'une salle voûtée pleine d'une fumée si épaisse que je ne distinguais rien d'abord, et que j'éprouvais un étouffement assez semblable à celui qui vous saisit lorsqu'on entre pour la première fois dans l'étuve d'un bain turc. C'était plus âcre et plus agréable que le tabac, plus parfumé et plus chargé de narcotique. On sentait au bout de quelques minutes une douceur sur les lèvres et dans la tête, et un besoin de repos absolu, physique et moral.

Nous nous assîmes sur des nattes, et peu à peu je distinguai ce qui se passait autour de moi, et les choses qui m'environnaient comme au milieu des vapeurs d'un rêve. La salle n'était qu'une sorte de cave blanchie à la chaux, disposition que je m'expliquais, car, bien que l'entrée en fût dans la ruelle au-dessus de la chaussée, elle se trouvait, à cause de la pente du roc, au sous-sol d'une maison de la ruelle supérieure où l'on communiquait par un escalier de pierre en colimaçon et sans rampe. Tout à côté, un fourneau où brûlait un brasier suffisant pour éclairer toute la pièce, et près duquel se tenait un *caouadji* d'aspect farouche, jambes et bras nus, et, accroupis ou allongés sur les nattes, une douzaine de Bédouins, formant de petits groupes, se passaient silencieusement et d'un air abruti de minuscules pipes de terre rouge dont ils aspiraient successivement la fumée devant un orchestre de trois musiciens à face patibulaire, un joueur de *rhebeb*[13], un joueur de tam-tam, et un joueur de flûte.

[Note 13: Espèce de contrebasse.]

Mais tout le monde connaît, au moins par ouï-dire, les fumeurs de kif, une des variétés du haschich; ce n'est donc pas eux que je veux décrire, mais l'effet produit sur moi-même.

Le caouadji nous avait apporté du café, puis du kif et des pipes; mais El-Hadj Ali dut charger plusieurs fois la mienne avant que j'éprouvasse d'autre sentiment que celui d'un assoupissement général.

Bientôt une vive souffrance me tira de cette somnolence agréable; d'horribles crampes me tordirent les nerfs et je sentis en même temps des frémissements douloureux dans tous mes membres comme si on les harcelait par des picotements d'aiguille. Le mal venait de la tête, surtout du côté du cervelet, descendait comme un métal en fusion, l'épine dorsale, et semblait couler par la moelle des os dans les extrémités.

La souffrance devint en un moment si intolérable que je dus me retenir pour ne pas crier, et ayant porté la main à ma nuque, le contact fut si douloureux que je crus la boîte osseuse crevée et que ma cervelle cédait sous mes doigts.

—Sortons, dis-je à mon compagnon, j'en ai assez, je n'en puis plus.

—Patience; ce sont les épreuves par où passent les profanes. Brave-les, et tu entreras au royaume enchanté du Kif.

—Non, non, au diable le royaume et ses enchantements.

—Aspire encore quelques bouffées de cette pipe; le mal se dissipera.

Mais ma chair me brûlait avec une telle intensité que lorsque je voulus prendre la pipe, elle me produisit l'effet d'une tige rougie au feu.

Ce fut la dernière épreuve. Le mal s'en alla peu à peu, faisant place à une sensation de bien-être beaucoup plus douce que celle éprouvée d'abord. Aux bouffées qui suivirent, je me sentis gagner par une immense et indicible joie, une jouissance intime et prolongée, un oubli complet des misères et des nécessités de la vie, et pris d'un amour universel. Voulant faire partager mon bonheur à tous les hôtes présents qui m'avaient paru assez déguenillés et misérables, j'appelais le *caouadji*, et fouillant dans mes poches, je lui jetais comme un sultan une poignée de gros sous et de petites pièces blanches, lui ordonnant de régaler l'assemblée de café, de kif, d'anisette, et d'envoyer chercher des danseuses!

—Oui, des danseuses, cria le Thaleb, qu'on fasse venir des danseuses!

Les fumeurs de kif levèrent la tête. Cet ordre les arrachait à leur stupide somnolence. Je jouissais délicieusement de leur surprise et je me disais: Ah! ah!

On va enfin s'amuser dans cette caverne; les drôles ne sont pas si abrutis qu'ils en ont l'air.

—Des femmes! redit impérativement El Hadj Ali-bou-Nahr.

II

Le *caouadji* ne bougeait pas, une tasse vide d'une main et la minuscule cafetière au long manche de l'autre, il interrogeait du geste le *thaleb*, étonné sans doute d'entendre un tel ordre sortir d'une bouche d'où ne coulaient d'habitude en public que des versets du Koran et des préceptes de morale.

Mais celui-ci surexcité par la fumée de la plante vénéneuse, cria, l'oeil étincelant de colère:

—*Caouadji*, fils du diable, n'as-tu pas entendu. Le Roumi ici présent est mon ami; que dis-je? il est mon frère. Il demande des danseuses, il paye. Qu'on appelle des femmes.

—Oui, oui, répétèrent les Bédoins, le Roumi a payé. Des femmes, *caouadji*, fils du diable! des femmes!

Ils étaient tous complètement réveillés maintenant, et la lubricité allumait des lueurs phosphorescentes dans leurs prunelles tout à l'heure éteintes.

«Il a payé, il a payé» disaient-ils; cependant je pensais bien que ma poignée de menues pièces ne suffisait pas et je comprenais l'hésitation du cafetier. Mais le thaleb avait commandé comme moi, on le savait riche, et sans nul doute, il prendrait sur lui une partie des frais.

Je me tournais de son côté. Il me regardait en souriant et hochait la tête. Je voyais à ses yeux que l'ivresse le gagnait. «Ça va bien, murmurait-il, ça va bien, nous allons nous amuser»; et, en effet, je l'ai déjà dit, la joie débordait en moi.

«Des femmes! des danseuses!» Cet appel jetait dans l'antre une sorte de magie. L'orchestre s'était subitement tu, comme si les artistes se recueillaient, réservant leurs plus belles symphonies. Le joueur de *rhebeb*, sexagénaire au front sillonné de rides, passait amoureusement la langue sur sa moustache blanche, comme s'il y sentait le baiser d'une jouvencelle; le joueur de flûte, adolescent imberbe, agitait cyniquement son instrument avec des gestes du plus complet naturalisme, en affectant des airs pâmés, et l'homme à la *tarbouka*, vieux nègre à face tatouée, roulait ses gros yeux blancs d'une façon si comique, tout en promenant sur la peau d'âne son large pouce qu'il portait ensuite à ses lèvres avec les marques du plus grand ravissement, que je me tordais de jubilation. ——

En dépit de l'ivresse qui m'avait si soudainement saisi, je percevais très distinctement toutes choses, et en même temps, le souvenir d'une conversation précédente avec le thaleb se présenta dans ses moindres détails à mon esprit. C'était au sujet d'une danseuse mauresque, dont la beauté et la grâce lascive avaient fait une profonde impression sur moi quelques jours auparavant dans un café arabe de la porte d'El-Kantara; aussi, quelle ne fut pas ma stupéfaction lorsque je vis descendre l'escalier la jolie bayadère et venir se placer en face des musiciens qui attaquèrent aussitôt un morceau des plus enlevés.

Cette apparition inattendue jeta d'abord un trouble dans mes idées, mais je me l'expliquais immédiatement par ce fait que la cave où nous fumions du kif ne pouvait être que le sous sol d'un café, et me remémorant la configuration des lieux et la disposition des ruelles parcourues en compagnie du *thaleb* j'arrivais à cette découverte que nous nous trouvions précisément sous le café même où j'avais pour la première fois admiré la danseuse, et me rappelant avec quel enthousiasme j'en parlais la veille à mon ami Ali-bou-Nahr, je jugeais qu'il avait voulu me ménager cette agréable surprise et jouissait intérieurement de mon plaisir.

Je me disposais à lui adresser un mot de remercîment, mais je lui trouvais une figure si complètement abrutie que je ne pus m'empêcher d'éclater de rire. Contrairement à l'usage des fumeurs de kif, il avait gardé dans ses dents sa pipe, et bien qu'elle fût éteinte, il s'obstinait, avec un entêtement idiot, à vouloir en tirer des bouffées.

Cependant, le ravissement qui m'inondait avait redoublé depuis l'arrivée de la danseuse et je ne me lassais pas de la dévorer des yeux, le cou tendu, mon âme sur les lèvres. Sa vue m'emplissait de délices et la jouissance était telle que tout désir charnel se taisait. Je compris, un instant, la béatitude des bienheureux du ciel chrétien où l'unique contemplation du Père Eternel suffit à leur joie. Mais ce ne fut qu'un instant, car je revins bien vite aux beautés plus profanes du paradis de Mahomet dont l'aimée présente me semblait un vivant et parfait spécimen.

Elle portait le costume que je lui connaissais: robe de soie mi-partie bleue et mi-partie jaune, serrée sur ses reins par une *foutah* verte.

On découvrait sous la gaze, par l'échancrure ouverte jusqu'au nombril, les globes luisante des seins, et sous la *foutah* très tendue, le développement presque exagéré des hanches.

La ceinture dorée large d'une main et très lâche descendait jusqu'au bas du ventre. Ses bras charnus et superbes, étaient nus jusqu'à l'épaule, nus aussi les mollets et les petits pieds bien cambrés, dont un anneau d'argent battait la cheville, car elle venait de laisser près de l'orchestre ses babouches rouges brodées d'or.

Je la voyais bien mieux que la première fois, d'abord parce que j'étais plus rapproché d'elle, puis mes sens avaient acquis une telle acuité que j'aurais pu lire les caractères arabes des sequins scintillant en un cadre mouvant et gracieux autour de son visage d'une correction sculpturale, et même je respirais le musc que dégageait sur sa poitrine un petit sachet de soie, et bientôt les capiteux parfums des moiteurs de son corps échauffé par la danse.

C'était ce pas arabe toujours le même, mais si empreint de volupté que jamais on ne s'en fatigue. Et la belle fille souriait à demi pamée dans ses poses extatiques, faisant tournoyer son foulard bariolé, tournant elle-même lentement, avec des frémissements lascifs et troublants de hanches, au son de l'orchestre endiablé.

J'étais si abîmé dans l'ardente contemplation que je ne m'aperçus pas sur-le-champ de l'éclat extraordinaire répandu dans tous les coins de la salle souterraine. Les deux verres ébréchés remplis d'huile nauséabonde, où nageait une mèche fumeuse, avaient disparu, ou du moins je ne les voyais plus, effacés qu'ils étaient par l'éblouissante clarté de girandoles de feu allumées de toutes parts.

Mais je n'eus pas le temps de m'extasier de ce spectacle. Un plus merveilleux m'attendait. La salle, peu à peu, se transformait en gynécée. Elle s'emplissait de jeunes et jolies femmes, que je voyais descendre une à une les marches de pierre du petit escalier.

D'où sortaient-elles? Constantine envoyait-elle toutes ses danseuses de café maure? Le thaleb m'avait donc conduit au quartier-général des bayadères? Je me posais ces questions sentant croître en moi de nouvelles sensations de volupté et dans mon enthousiasme je secouais brutalement mon compagnon, indigné de le voir aspirer encore stupidement des bouffées imaginaires de sa pipe éteinte, l'air somnolent, les yeux mi-clos, en apparence indifférent à ce défilé de houris.

III

Près de la première danseuse, les nouvelles venues se groupèrent, et ondulant comme elle, comme elle s'agitant en saccades lascives, jouant des yeux, des hanches et du mouchoir, les lèvres entr'ouvertes laissant voir la ligne brillante et nacrée des dents, elles marquaient à coups de reins la mesure, tantôt lentement tantôt furieusement, selon les caprices de l'orchestre en délire.

Et je trouvais aussi un plaisir inexprimable à ces notes sauvages. C'était comme un fouillis de merveilleuses arabesques se détachant en relief, avec une intensité extraordinaire de tons et une incomparable richesse de couleurs, sur un fond de chaux-vive recouvrant les lézardes et les effritements d'une muraille lépreuse. Je nageais dans un océan de voluptés où plongeait à la fois tous mes sens secoués par un délicieux remous et voici que les danseuses, dans leurs gracieuses spirales, détachèrent l'une après l'autre toutes les parties de leur habillement. Ce fut d'abord le mouchoir rayé de soie et d'or qui tomba de la tête, puis la foutah zébrée se dénoua des hanches, les robes glissèrent des épaules et la chemise de gaze, un instant flottante, alla grossir le tas des étoffes bariolées, et les ballerines se mêlant, se croisant en ondulations et en torsions amoureuses, sans suspendre une seconde leur savante chorégraphie, s'offrirent nues comme un choeur de dryades.

Et faunes et satyres faisaient cercle, se groupaient, pantelants de désirs. Noyés dans l'extase, je n'avais pas remarqué que la salle, à notre entrée presque vide, s'emplissait de spectateurs. Sans doute ils venaient par le même chemin que nous, la petite boutique mystérieuse, mais on eût dit que les forêts enchantées de Thessalie en envoyant leurs essaims de nymphes, vomissaient leurs légions de déités hircines.

Sous le large manteau d'Orient, les loques des Bédouins, les oripeaux fastueux des Maures, le sac rayé des nègres, la longue chemise des gens du Souf; sous ces turbans et ces haïks éclatants de blancheur ou jaunis d'une crasse lustrale; ces vestes, ces gilets, ces pantalons soutachés, verts, bleus, oranges, écarlates; ces jambes bronzées et poilues, et ces bottes de maroquin brodé d'or;

sous ce luxe comme sous ses haillons, de riches et de pauvres confondus et nivelés devant le même besoin humain, on sentait les ardents frissons du vieux bouc hébraïque auquel sacrifiaient les juives enfiévrées; l'*hircus* érotique de Virgile, fils des Grecs; l'idole vénérée de Mendès, fille des Babyloniens; la monture chère à Vénus; *hircipes* l'emblème du rut brutal qui a traversé les âges; l'antique et éternel Pan, dieu du monde!

Au rut, les faunes, les satyres et les boucs! Et comme le divin Appelle, ils se saoûlaient les yeux du spectacle de ces vingt Phrynées, plus nues et aussi belles que l'*anadyomené* lorsque l'artiste la contempla, déesse de beauté sortant des ondes bleues du golfe Salonique, car la blonde courtisane d'Athènes avait pour voile ses longs cheveux flottants, tandis que les noires tresses des bayadères algériennes tordues en une natte unique ne voilaient rien aux avides regards.

Comme j'étais venu surtout dans le but d'expérimenter sur moi-même, je cherchais à retenir ma raison qui échappait.

Le *thaleb* m'avait affirmé que dans l'ivresse produite par le kif on gardait, avec un effort de volonté, la conscience des choses, aussi faisais-je appel à toute mon énergie pour rassembler les lambeaux de mon intelligence qui craquait et se déchirait comme une toile trop tendue.

Ce que j'appréhendais surtout était de commettre quelque extravagance qui m'eût fait prendre en pitié par ces hommes, gardant sous le fouet de la passion un maintien impassible. Les yeux, il est vrai, lançaient des flammes, les visages se contractaient sous un rictus nerveux, et les poitrines haletaient, mais les corps demeuraient immobiles et majestueux. Moi, au contraire, je m'agitais, prêt à chaque seconde à tendre les bras pour les plonger dans ce fouillis de chairs en mouvement, se rapprochant si près de moi dans leur tournoiement fantastique que j'en sentais la chaleur.

Ce qui me frappait, c'est, d'une part, le sentiment de la folie s'emparant de mon cerveau, et, de l'autre, cette acuité de sens surprenante qui me faisait percevoir en les centuplant, comme pour la vue un microscope, l'exquise suavité des impressions. «Ces filles, me disais-je, sont de vulgaires coquines, des prostituées de bas lieu, probablement laides et sales; cet orchestre qui me ravit, un tintamarre incohérent; ces parfums qui m'enivrent, du musc puant et de l'encens grossier, et, sous l'influence du kif, je ne vois, n'entends, ne respire que suavités.»

Quoique dans un état absolument anormal, mes réflexions n'avaient donc rien de déraisonnable, et le seul léger désagrément que j'éprouvais c'est que, quand j'essayais d'analyser mes impressions et de les fixer dans ma cervelle, il me semblait qu'elle cédait comme de la cire molle sous l'empreinte.

Je n'avais pas non plus perdu la mémoire. Je me rappelais parfaitement avoir absorbé la fumée de six pipes, pourquoi et dans quelles conditions j'étais venu, et je constatai avec la plus grande surprise l'état de somnolence et d'hébétement de mon ami le thaleb qui, toujours le tuyau aux lèvres, continuait à paraître indifférent aux tableaux enchanteurs qui se déroulaient.

Quant à moi, rien ne m'échappait de cette féerie, rien ne diminuait la finesse exquise de mes perceptions physiques. On eût dit que mes sens avaient le don d'ubiquité, celui de l'ouïe comme les autres.

J'entendais distinctement chacune des notes bizarres des trois instruments et j'éprouvais à chacune un plaisir infini; j'entendais en même temps le pas cadencé et si léger des danseuses, leur respiration courte, le frottement de leurs hanches quand elles glissaient l'une contre l'autre, l'insaisissable frôlement des foulards qu'elles agitaient au-dessus de leur tête, les bras arrondis, montrant leurs aisselles soigneusement épilées, et je distinguais le bruit argentin des anneaux des poignets et des chevilles et celui plus doux encore de leurs colliers de séquins.

Et dans la rotation rapide, au milieu d'une buée roussâtre, dans le tourbillonnement de jambes, de bras, de gorges, de torses, de reins, passant en tournoyant pour disparaître et reparaître encore, mes yeux enflammés, et mes désirs, et mon coeur, et tout mon être s'attachèrent obstinément à un seul corps d'une beauté et d'une rigidité marmoréenne, celui d'Aicha, la première danseuse qui, subjuguée sans doute par l'attraction magnétique de ce milieu chargé d'étincelles, et m'ayant reconnu comme le seul étranger, et peut-être aussi le plus ardent et le plus jeune de ses admirateurs, n'adressa bientôt plus qu'à moi ses sourires et ses oeillades jusque-là distribués banalement à tous.

Elle affecta même de passer si près de moi, ralentissant sa fiévreuse spirale, que j'effleurais son corps de mes lèvres, et ne me maîtrisant plus, affolé et dompté, je l'attendis les mains ouvertes, et lorsqu'elle passa une fois encore, je la saisis à pleines poignées et la fit choir sur mes genoux... et s'ouvrit le septième ciel. ——

Je ne sais ce qui se passa autour de moi, si je fus l'objet des moqueries des Arabes, ni comment s'éteignirent les lumières, mais quelque chose de semblable à un coup de marteau sur le front m'arracha brusquement à mon excessif bonheur, et la voix un peu rauque d'Alibou-Nahr me cria:

—Eh! bien, es-tu content? Réveille-toi, réveille-toi!

Je soulevais péniblement ma tête, qui me semblait peser cent livres et promenais autour de moi un regard effaré.

La cave avait repris son aspect triste et morne. Les deux lampes nauséabondes fumaient davantage encore, le fourneau était presque éteint et le *caouadji*, accroupi sur un banc, dormait la tête dans ses jambes, jetant dans le silence un ronflement sourd. Cinq ou six Bédouins, allongés çà et là sur des nattes, dormaient aussi.

—Et les danseuses, m'écriai-je, et Aicha! Parties? parties?

—Ah! ah! elle s'appelle Aicha! le nom de la mienne est Blondinette. Une Française que je connais bien, suave comme un matin de mai, ardente comme un midi de juillet. Ah! ah! ah! la fille sans pareille!

—Une Française! une blonde! mais je n'ai vu que de brunes mauresques.

—Chacun rêve ce qu'il n'a pas, répondit sentencieusement le sage *thaleb* et voilà justement l'effet merveilleux du kif! Le *dieu* a les mains pleines des joies désirées. Mais il ne faut pas en abuser comme les brutes que tu vois ici.

Ce disant, il se leva, rajustant son turban et réparant le désordre de ses vêtements avec autant de calme et de dignité que s'il venait de les déranger dans les prosternements de la mosquée en récitant les versets du Vrai Livre.

—Comment, il n'y avait pas là de danseuses tout à l'heure, de danseuses nues?

—Oui, dans tes rêves, mon fils. Tu as pris l'ombre pour la réalité. Mais les radieux fantômes qui nous bercent depuis qu'on nous ôte nos langes jusqu'à ce qu'on nous couvre du suaire, ne sont-ils pas ce qu'il y a de meilleur dans la vie.

FIN

Echo Library
www.echo-library.com

Echo Library uses advanced digital print-on-demand technology to build and preserve an exciting world class collection of rare and out-of-print books, making them readily available for everyone to enjoy.

Situated just yards from Teddington Lock on the River Thames, Echo Library was founded in 2005 by Tom Cherrington, a specialist dealer in rare and antiquarian books with a passion for literature.

Please visit our website for a complete catalogue of our books, which includes foreign language titles.

The Right to Read

Echo Library actively supports the Royal National Institute of the Blind's Right to Read initiative by publishing a comprehensive range of large print and clear print titles.

Large Print titles are in 16 point Tiresias font as recommended by the RNIB.

Clear Print titles are in 13 point Tiresias font and designed for those who find standard print difficult to read.

Customer Service

If there is a serious error in the text or layout please send details to feedback@echo-library.com and we will supply a corrected copy. If there is a printing fault or the book is damaged please refer to your supplier.

Lightning Source UK Ltd.
Milton Keynes UK
UKOW01f0624050318

318880UK00001B/48/P